WISHBOOKS GAME FANTASY STORY

랜덤 플레이어 13

비츄 게임 판타지 장편소설

초판 1쇄 찍은 날 | 2019년 4월 9일
초판 1쇄 펴낸 날 | 2019년 4월 16일

지은이 | 비츄
펴낸이 | 예경원

기획 | 위시북스
편집책임 | 이규재
편집 | 위시북스

펴낸곳 | 예원북스
등록번호 | 제396-2012-000132호
등록일자 | 2012. 7. 25
KFN | 제1-393호

주소 | 경기도 고양시 일산동구 호수로 646-24 위너스21Ⅱ빌딩 206A호 (우)10401
전화 | 031-819-9431 팩스 | 031-817-9432
E-mail | yewonbooks@naver.com

ⓒ비츄, 2018

ISBN 979-11-6424-241-2 04810
      979-11-6098-880-2 (set)

13

WISHBOOKS GAME FANTASY STORY

비츄 게임 판타지 장편소설

Wish Books

CONTENTS

1장
절대악의 법칙(2)

영상 속 남자가 말했다.

"내가 갈까, 네가 올래?"

영상 속 남자는 현재 세계를 뜨겁게 달구고 있는 아시아의 영웅. 더 나아가 전 세계의 영웅이라 불리고 있는 절대악. 그의 모습은 굉장히 여유로웠다. JTBN을 통해 단독방송되고 있는 현 상황 속에, 검은색 몬스터 한 마리가 잡혔다.

검은색 몬스터. 지금 중국 전역을 공포로 물들이고 있는 강력한 몬스터. 바로 블랙 문 타이거였다.

크르르릉-!

블랙 문 타이거는 목소리가 들려온 쪽을 쳐다봤다. 털이 쭈뼛 서는 것 같았다.

"역시. 말 알아듣잖아?"

어느 정도 이상의 몬스터가 되면 사람의 말을 대략적으로는 알아듣는다.

'일단 가장 중요한 건.'

도망 못 치게 하는 거다. 지능이 있는 놈은 사리분별을 할 줄 안다는 뜻이고, 사리분별을 할 줄 아는 놈은 일단 도망부터 치고 본다. 절대악의 마수로부터.

-스킬. 악의 결계를 사용합니다.

이 스킬. 정말 유용하다. 일단 잡으려면 도망 못 치게 붙잡아놔야 하는데. 악의 결계는 이럴 때 아주 좋은 방향으로 쓰인다.

길거리를 걸어 다니던 중국인들이 대형 건물들의 전광판을 주시했다.

"진짜 절대악?"

"절대악이 또 왔나?"

절대악은 안 온다고 했었다. 불쾌하다는 것을 드러냈다. 많은 중국인들도 그에 납득하고 비난의 화살을 극우세력을 비롯한 블랙샤크로 돌리지 않았는가. '진짜 중국을 위하는 일이 무엇이란 말인가!'를 화두로 중국 내에 커다란 분열이 있을 정도였다.

"진짜 절대악인데?"

"진짜 절대악이다!"

전광판 속 남자는 누가 봐도 절대악이었다. 심지어 그 절대악이 이렇게 얘기하고 있지 않은가.

-내가 갈까, 네가 올래?

20년 지기 친구와 함께 술 한잔을 마시던 쑤앙은 TV를 보며 흥분했다.

"진짜 다행이다. 다행이야. 절대악이 결국 왔네."

역시 절대악이었다. 세계의 영웅다웠다. 기분은 나빴지만 그래도 수많은 국민들의 일자리가 달려 있다는 것을 이해해 준 모양이다. 고맙다고 생각했다. 그에 반해 쑤앙의 친구인 레닌은 회의적인 반응을 보였다.

"문 타이거의 레벨이 약 300대. 거기에 블랙 보정 받았으니 그 강력함은 최소 2배."

그는 블랙샤크를 비롯한 극우단체가 발표한 통계자료를 믿었다.

"아무리 절대악이라고 해도 쉽지 않아. 그리고 절대악에게 너무 전적으로 의존하는 것도 옳지 않고."

"물론 그렇지만 지금은 절대악 말고 다른 대안이 있는 것도 아니잖아. 모르골 제국도 지들끼리 아웅다웅하느라 바쁘고."

레닌은 진지하게 얘기했다.

"단순계산으로는 계산하기 어렵지만 대략적으로 그 강함을 레벨 600대라고 계산한다면 절대악이 과연 상대할 수 있을까?

나는 어렵다고 봐."

지금 저 모습은 그냥 영웅임을 의식한 요식행위 아닐까.

"불과 몇 달 전만 해도 절대악의 레벨은 100 근처라고 알려졌어. 그 사이에 아무리 폭풍성장을 했다고 가정해도 그래봐야 레벨 110쯤 올리지 않았을까?"

이것도 엄청 후하게 쳐준 거다. 그나마 저번에 짐승형 몬스터들을 잡을 때 레벨업 이펙트가 몇 번 터져 나왔으니까. 그러니까 높게 쳐줬다.

사실 레벨 100에서 101까지 올리는 건, 일반인이면 평생 노력해도 안 될 거라고 생각했다. 레닌은 그렇게 판단했다.

"레벨 600대와 100대. 절대악의 능력치가 아무리 높아도 레벨 역보정은 무시할 수 없어. 많은 자료들이 뿌려지고 있는 상황이야. 객관적인 자료들."

"개소리하고 있네."

쑤앙은 절대악의 열렬한 팬이기도 하다. 절대악이라면 어떻게든 할 수 있을 거라는 막연한 믿음을 갖고 있다. 오죽하면 형렐루야에 가입하기 위하여 여러 가지 루트를 알아봤을 정도니까.

레닌은 차분하게 말했다.

"보면 알겠지. 팩트는 언제나 옳은 법이니까."

마치 자신이 엄청난 식견을 가진 사람인 것처럼. 차분하게 안주를 집어 먹었다.

그사이 한주혁이 걸음을 옮겼다.

"네가 안 오니까 내가 가야지."

영상 속 절대악이 걸음을 옮겼다. 세계의 사람들이 이 상황에 집중했다. 영상 속 블랙 문 타이거는 제자리에 못 박힌 듯서 있었다.

크르르룽-!

블랙 문 타이거가 낮게 울었다. 저주파가 일었다. 땅의 모래들이 제각기 춤을 추며 떨기 시작했다.

'추정 레벨 약 600.'

여태까지의 경험상 '블랙' 특성이 붙으면 1.5배에서 2배 정도 강해지는 것 같다. 이건 진리가 아니라 경험적 통계다. 다시 말해 600이 아닐 수도 있다는 얘기다.

크아아아아앙-!

블랙 문 타이거가 포효했다. 몸을 잔뜩 웅크렸다. 마치 튀어나가기 직전의 용수철 같았다.

-스킬. 위압을 사용합니다.

크르르르-!

블랙 문 타이거는 몸을 한껏 웅크렸다가 몸을 펴지 않았다. 아니, 펴지 못했다. 블랙 문 타이거의 검은색 눈동자가 한주혁을 쳐다봤다. 먹잇감을 노려보는 맹수의 눈동자. 그 눈동자는 흔들리고 있었다.

지금 튀어나가면 죽는다.

블랙 문 타이거의 본능이 그렇게 경고했다. 온몸의 살이 떨리는 게 느껴졌다. 털이 쭈뼛쭈뼛 섰다.

달려들면 안 돼.

그렇다고 무릎을 꿇을 수는 없다. 배를 뒤집어 까고 애교를 부릴 수도 없다. 항복을 할 수도 없다. 블랙 문 타이거는 그렇게 생각했다.

한주혁은 문 타이거의 반응을 보고서 확신했다.

'역시 블랙몹 보정을 받으면…….'

남들한테는 어떨지 몰라도 자신한테는 지극히 약해진다. 블랙몹 보정에 대한 상성의 절대적인 우위를 가진다. 자신의 힘을 아득히 초월하는, 이를테면 마왕 같은 게 나오지 않는 이상 이 설정은 언제나 유효한 듯했다.

한주혁은 속으로 생각했다.

'이놈을 열 받게 하는 게 최고인데.'

꼬꼬의 강력한 식탐이 있다지만 그래도 사용할 수 있는 패는 다 사용하는 것이 좋지 않겠는가.

'분노 모드에 들어서기만 하면.'

그러면 철퇴를 사용할 수 있다. 용병왕의 철퇴 말이다.

<용병왕의 철퇴>

용병왕을 증명하는, 혹은 용병왕 이상의 강력한 힘을 증명하는 왕의 증표. 강력한 공격력을 자랑한다.

등급: 레전드

특수 능력:

1) 짐승형 몬스터에게 추가 데미지 70퍼센트.

2) 분노 상태의 생명체 사살 시 아이템 드랍확률 +70퍼센트.

+상세설명

용병왕의 철퇴를 사용하면 아이템도 드랍시킬 수 있다.

인류의 역사가 다시 기록되기 시작한 것이 200년이다. 200년간 이렇게 강력한 몬스터는 모습을 드러낸 적이 없다. 당연히 훌륭한 아이템을 드랍할 것이다. 드랍만 한다면 말이다.

한주혁이 주먹을 들어 올렸다.

"왜? 오게?"

도발했다.

"와봐. 존나 패줄게."

그의 손에는 속성방어를 무시하는 12대 초인의 장갑. 구마도스 장갑이 장착되어 있는 상태. 그리고 그의 귀에는 마찬가지로 12대 초인의 아이템인 말카노의 귀걸이가 착용되었다. 그의 왼쪽 허리에는 성검 세니아가 위치하고 있었고.

크르르르-!

블랙 문 타이거는 몸을 더욱 움츠렸다. 정말로 튀어나가기 직전처럼 보였다.

어느덧 기자들이 위험을 무릅쓰고 몰려왔다.

-격돌 직전. 폭풍 전야 같습니다.
-절대악과 블랙 문 타이거. 둘 모두 탐색전을 펼치고 있는 것 같습니다.

절대자와 절대자가 싸우기 직전. 서로를 탐색하고 알아보는 시간인 것 같은 그런 느낌. 폭풍이 몰아치기 직전의 고요한 밤 같은 그런 느낌이었다.

그와 동시에 문 타이거의 몸이 바람결에 흩어졌다. 한주혁의 눈이 가늘어졌다.

'어라?'

-스킬. 광역탐지를 사용합니다.

한주혁의 눈동자가 빠르게 왼쪽으로 움직였다.

'여기다.'

-스킬. 파천보법을 사용합니다.

파천보법을 운용함과 동시에.

-스킬. 평범하지 않은 강력한 주먹을 사용합니다.

데미지 감소율은 일단 99퍼센트. 죽이지 않기 위해서이기도 하고, 생각보다 약한 데미지를 줌으로써 방심하게 만들기 위해서이기도 하고, 그에 따라 분노할 수 있는 여건을 만들어주기 위함이었다.

콰과광!

요란한 소리가 터져 나왔다.

한주혁의 오른손이 블랙 문 타이거의 주둥이를 때렸다.

일반 기자들은 그 상황을 잡지 못했다. JTBN의 손석기가 초속촬영 기법을 통해 그 장면을 생생히 담았다. 16배 느린 속도다.

이 상황에 그 누구보다도 관심을 갖고 지켜보고 있는 중국인들은 경악했다.

"저게 16배속 느린 상황이라고⋯⋯?"

아무리 봐도 그렇게 안 보인다. 저런 말도 안 되는 움직임을 보이는 블랙 문 타이거나, 그걸 받아치는 절대악이나. 둘 다 정상 범주는 훨씬 뛰어넘지 않았는가.

일단 블랙 문 타이거는 일반 동물형 몬스터와는 완전히 궤를 달리하는 몬스터였다.

"다리로 움직이는 게 아닌데?"

움직임이 마치 유령 같았다. 검은 기운이 흩어졌다가 모였다가를 반복했다. 어찌 보면 악령이 움직이는 것 같았다. 그림자가 흩어졌다가 모였다가를 반복하며 절대악을 공략하는 것처럼 보였다.

레닌이 또다시 안주를 집어 먹으면서 차분하게 말했다.

"거봐."

"뭐가?"

"절대악이 방금 전심을 다해서 쳤는데 H/P가 멀쩡하잖아. 흠집도 안 났어. 원래는 대부분 한 방인데."

H/P에 흠집이 나지 않았다는 건.

"레벨 역보정과 스탯 차이가 현격하게 난다는 소리지."

절대악이 대단히 잘 대처하고는 있지만 그래도 레벨의 한계는 있다. 레닌은 또다시 그렇게 판단했다. 하지만 레닌은 하나만 알고 둘을 몰랐다. 평범하지 않은 강력한 주먹의 데미지 감소 효과는 잘 몰랐다.

한주혁이 다시 한번 주먹을 내뻗었다.

콰과광!

폭발음이 터져 나왔다.

'빠르네.'

블랙 문 타이거의 움직임은 빨랐다. 마법과는 느낌이 약간 달랐다. 마법은 포인트가 지정되어 있다. 그 포인트로 블링크하여 이동한다. 그러나 이놈은 구름처럼 흩어져서 실제로 이동을 한다. 그 속도가 너무 빨라 블링크처럼 보일 뿐.

한주혁도 광역탐지의 도움을 받지 않으면, 순수 신체 능력만으로는 반응하기 어려울 정도의 빠른 속도였다.

'위압에 당하고 있는데 이 정도면 진짜 거물이 맞기는 맞네.'

위압에 의해 많이 위축되었을 텐데 이 정도면 강력한 게 맞기는 맞다. 그러나 상대하지 못할 정도는 절대 아니었다. 다른 사람들 눈에는 어떻게 보일지 몰라도 지금의 블랙 문 타이거는 절박했다. 살기 위해서 공격하고 있는 중이다. 공포를 이겨내고서.

수십 차례 공방이 왔다 갔다를 반복했다. 겉에서 보기에는 블랙 문 타이거가 훨씬 우세한 것처럼 보였다. 블랙 문 타이거가 주도하며 전투를 이끌어나가고 있고, 절대악은 방어에 급급한 것처럼 보였다.

시간이 흐르자 블랙 문 타이거는 조금씩 이성을 잃어가기 시작했다. 위압에 의해 이성이 일부 마비되고 절대악의 주먹에 의해 계속해서 충격이 누적됐다. 거기에 인간이 비아냥까지 곁들였다.

"고양이 새끼야. 할 줄 아는 게 이게 다냐?"

블랙 문 타이거는 본능으로 알았다. 그냥 싸우면 이건 죽도 밥도 안 된다. 지금 자신이 열심히 공격하고 있지만 놈의 털끝 하나 건드리지 못했다. 움직임을 완전히 읽히고 있었다. 블랙 문 타이거도 비장의 수가 필요했다.

블랙 문 타이거와 절대악은 약 4미터 정도의 거리를 두고서 서로 대치했다.

크르르르-!

블랙 문 타이거의 입에서 검은색 기운이 새어 나왔다. 블랙 문 타이거는 결단을 내렸다. 그대로 싸울 수는 없고, 뭐에 당한 건지 몸도 제대로 안 움직인다. 이성을 더욱 마비시켜야 했다.

한주혁은 느낄 수 있었다.

'마나 흐름이 변했다.'

블랙 문 타이거는 보스급 몬스터. 분명 보스몹 특유의 어떤 능력이 있기는 있을 거다.

'이 느낌은······.'

심안으로 살펴본 마나의 흐름. 이 느낌은 익숙한 느낌이었다. 언젠가 이미 경험했던 느낌.

-블랙 문 타이거가 버서커 모드에 진입합니다.
-블랙 문 타이거의 H/P가 50퍼센트까지 감소합니다.

블랙 문 타이거의 몸에서 새어 나오던 검은색 기운이 조금 변했다. 검붉은색이다. 블랙 문 타이거의 눈이 전부 검은색으로 물들었다. 눈동자와 흰자위의 구분이 아예 사라져 버렸다.

크아아아아앙-!

블랙 문 타이거가 포효했다.

그와 동시에 엄청난 충격파가 터져 나왔다.

어떤 스킬을 사용한 것인지는 몰라도 그 여파는 상상을 초월했다.

흑흑 연합의 로랑은 망연자실했다.

"이럴 수가……."

포효 한 번에 24개 영지가 순식간에 무너졌다. 이제 복구 단계에 들어섰던 영지들이다. 24개의 영지 중 14개가 흑흑 연합 소유의 영지다.

'뭔 놈의 스킬이…… 영지 24개를 날려 버려.'

보고를 받으니 필드에 있는 몬스터들도 깡그리 씨가 말랐단다. 심지어 JTBN 기자를 제외한 모든 기자들도 검은 잿더미가 됐단다. 엄청난 파괴력이었다. 필드를 뛰어넘어 전파할 특수 능력까지 있는. 지금까지와는 궤를 달리하는 엄청난 몬스터.

"절대악은 어떻게 됐지?"

블랙 문 타이거의 상태가 이상했다. 블랙 문 타이거가 필살기라도 사용하는 것 같았다. 그 급의 보스몹이 사용하는 필살기. 절대악이라고 해도 위험할 수 있지 않겠는가.

"지금 당장은 확인할 길이 JTBN 채널밖에는 없습니다."

그와 동시에 로랑은 판단할 수 있었다.

"JTBN 기자가 무사하다는 건……."

그 말은 곧 절대악도 무사하다는 얘기 아닌가. 아니, 단순히 무사한 것을 넘어서서 JTBN 기자까지도 보호할 정도의 여유가 있었다는 것 아닌가.

JTBN 화면 속 절대악은 씨익 웃고 있었다.

"버서커 모드?"

그를 통해 블랙 문 타이거가 '버서커 모드'라는 것에 들어갔다는 것을 알 수 있었다.

절대악의 모습이 조금 이상했다.

"그럼 이게 열 받은 거 맞지?"

절대악이 아이템 하나를 꺼내 들었다. 그리고 또다시 도발했다.

"어디 한번 재롱 더 부려봐."

크아아아아앙-!

블랙 문 타이거가 또다시 포효했다. 다시 14개의 영지가 궤멸됐다.

중국으로서는 기가 찰 노릇이다. 복구 중인 영지 도합 34개가 날아갔으니까. 그것도 라망투 주변의 주요 영지들이.

블랙 문 타이거가 충격파를 토해냈을 때. 그 순간, 로랑은 볼 수 있었다.

'저건……!'

한주혁은 씨익 웃었다.

'이거 진짜 좋네.'

태르민의 특수 능력이라고 짐작하고 있다. 이른바 특수강
화. 이브이에게 마력을 불어넣는 몬스터 스톤의 경우도 '특수
강화'를 거치면 훨씬 더 강력한 파괴력을 갖게 되지 않는가. 델
리트 확률도 더욱 높아지고.

말카노의 귀걸이도 마찬가지다. 전에 기천이 사용했던 것처
럼. 기천이 채순덕의 기병대에게 말카노의 귀걸이 효과를 광범
위하게 펼쳐줬던 것처럼. 한주혁은 이번에 자신과 더불어
JTBN 손석기를 보호했다.

로랑이 발견한 것이 바로 그 검은색 방어막이었다.

'저건…… 쉴드?'

쉴드인 것 같기도 하고 아닌 것 같기도 하고. 어쨌든 특수한
힘을 가진 특별한 방어막인 것은 틀림없었다.

'주변 영지 궤멸. 기자들 전원 사망. 심지어 델리트 사망.'

그럼에도 불구하고 저 사자후의 진원지에 있는 절대악과
JTBN 손석기는 죽지 않았다. 심지어 H/P가 전혀 줄어들지 않
았다. 로랑은 한주혁의 귀걸이에 집중했다.

'귀걸이에서 은은한 빛이 새어 나오고 있다.'

저 귀걸이의 특수효과인 것 같다.

'그렇다고는 해도……'

아무리 그래도 어떻게 저런 엄청난 사자후 앞에서 타격을 아예 입지 않은 건지.

'혼자서 막는 것과 다른 이를 보호하는 것은 차원이 다른 문제.'

절대악은 그렇다 쳐도 비전투 클래스인 손석기까지 저렇게 완벽하게 보호받을 수 있다니. 보면 볼수록 놀랍다.

지금의 이 상황을 두고 올림푸스 매니아에서는 또 다른 전쟁이 벌어졌다. 전쟁의 두 주체는 다름 아닌 '루펜달'과 '이오빠가내오빠다'였다. 그 둘의 전쟁을 지켜보는 3충성은 혼란에 빠졌다.

'저놈이 진짜 루펜달은 아니겠지?'

닉네임을 유동적으로 바꿀 수 있다. 물론 고정 닉네임을 쓰는 유저들도 존재한다. 자신처럼 말이다.

루펜달이 이렇게 얘기했다.

-필드를 날리는 힘? 사자후? 그딴 게 다 무슨 소용이냐. 형느님의 형력 앞에선 그 어떤 것도 힘을 쓰지 못하리. 형멘.

그에 질세라 이오빠가내오빠다도 신앙심을 뽐냈다.

-영지를 궤멸시키는 힘이여. 필드를 초토화하는 강력한 파괴력이여. 플레이어를 델리트시키는 사악한 사자후여. 그 모든 것들은 신성한 형력 앞

에 모두 무릎을 꿇을지니. 그 어떤 것도 형력의 가호를 뚫을 수 없으리라. 형멘.

3충성은 점점 더 혼란에 빠져들었다. '이오빠가내오빠다'를 내심 '루펜달'로 확신하고 있었는데 갑자기 또 루펜달이라는 놈과 싸우고 있지 않은가. 이쯤 되면 자신의 정체를 감추기 위해 알바를 고용해서 쓰고 있거나.

'아니면 정신분열?'

이른바 '형님'에 대한 신앙심이 너무 투철해진 나머지 정신분열이 일어난 게 아닐까 생각될 정도다.

어쨌든 결론은 하나였다. 중국 영지 수십 개를 한 번에 궤멸시키는 힘도 절대악에게는 전혀 소용이 없었다는 것.

한주혁이 블랙 문 타이거를 슬쩍 쳐다봤다.

'아직 이성은 남아 있는 상태.'

철퇴의 특수기능을 활성화시켜 놈의 분노 게이지를 살펴봤다. 아직 MAX 상태는 아니었다. 버서커에도 단계가 있는 모양이었다. MAX 상태까지 올려야 아이템 드랍 확률이 최대치로 올라간다.

상대를 열 받게 하는 방법. 한주혁은 이미 잘 알고 있다.

"꼬꼬. 물어."

하늘을 날던 불새. 꼬꼬가 블랙 문 타이거를 향해 날아들었다.

키에에에엑-!

네놈이 센 것은 인정한다.

꼬꼬가 불의 궤적을 그리며 수직으로 쏘아졌다.

키에에에엑!

나보다 셀 수도 있다!

꼬꼬의 눈에 블랙 문 타이거가 들어왔다. 꼬꼬는 느낄 수 있었다. 힘은 저놈이 더 세다. 인정하기는 싫지만 자신보다 센 놈이 드디어 나타났다. 하지만 괜찮다. 왜냐하면 내 뒤에는 주인님이 버티고 있으니까.

제왕 카리아. 꼬꼬는 본능적으로 알 수 있었다. 눈앞의 거대 호랑이. 저놈은 센 척하지만 사실은 약하다. 더 정확히 말하자면 주인님이 태양이라면 저놈은 반딧불이도 안 된다. 허세만 가득 찬 허세 호랑이다.

콕. 콕. 콕. 콕.

꼬꼬가 몸을 아끼지 않고 블랙 문 타이거를 쪼았다. 블랙 문 타이거의 커다란 앞발이 꼬꼬의 머리를 후려쳤다.

꼬꼬는 순간 흠칫 놀랐으나 이내 평정을 되찾았다.

키엑!

네놈은 불이 아니지!

그런데 문제는 꼬꼬 역시 문 타이거에게 유효타격을 하지 못하고 있다는 거다.

한주혁의 눈이 가늘어졌다.

'놈도 속성 방어를 갖고 있네.'

문 타이거는 불 속성이 아니다. 그래서 꼬꼬를 공격할 수 없다. 공격 자체는 가능한데 H/P가 줄어들지를 않는다. 꼬꼬도 마찬가지다. 꼬꼬의 공격으로는 놈을 타격할 수 없었다.

꼬꼬가 비명성을 토해냈다.

키에에에엑!

어느새 문 타이거의 앞발에 잡혀 버렸다.

꼬꼬가 자꾸 주위를 날아다니면서 부리로 찌르고 발톱으로 할퀴어대는 것에 분노한 문 타이거가 꼬꼬의 날개를 물어뜯었다. H/P에는 영향이 없지만 고통은 느껴지는 듯했다.

하늘에서 떨어진 하늘의 제왕 꼬꼬는 문 타이거의 발밑에 놓이게 됐다. 기회를 붙잡은 문 타이거가 꼬꼬를 두 발로 꽉 누른 채 이를 드러내며 침을 뚝뚝 흘려댔다.

키엑! 키엑!

꼬꼬가 발버둥 쳤지만 벗어날 수 없었다. 힘은 블랙 문 타이거가 한 수 위였다.

블랙 문 타이거는 한 발로 꼬꼬의 가슴을 내리누르고 다른 한 발로 꼬꼬의 얼굴을 자꾸만 후려쳤다.

키에에엑!

주인님. 도와줘요. 주인님!

한주혁의 귀에 그게 들리는 것 같았다. 꼬꼬의 절실한 눈동자를 봤다.

하지만 한주혁은 냉정했다.

"물어. 꼬꼬."

H/P는 전혀 떨어지지 않고 있는 상황. 우연의 일치인지는 모르겠지만 한주혁이 주먹을 들어 올리는 게 보였다. 꼬꼬는 순간 떠올렸다.

예전 자신이 성장했을 때. 주인님한테 잠깐 개겼다가 미친 듯이 맞았던 기억이다. 그때에 비하면 지금은 진짜 아무것도 아니다.

-스킬. 부리쪼기를 사용합니다.

그때보다 지금이 훨씬 더 안전하고 평안한 상황. 꼬꼬가 몸을 기적적으로 일으켜 문 타이거의 콧등을 쪼아댔다.

문 타이거가 다시 한번 포효를 내질렀다.

크오오오오!

그 사자후는 일반 사자후가 아니었다. 충격파가 주변으로 터져 나가고 또다시 주변 영지 10여 개가 박살 났다.

TV로 상황을 지켜보던 레닌이 인상을 찡그렸다.

"저 봐. 잡을 수 있었으면 벌써 잡았겠지."

그의 표정이 어두워졌다. 이대로면 '대중국'의 위대한 위상에 흠집이 갈 것 같다.

"어떻게 잡겠어."

절대악이 강한 건 인정한다. 인정할 수밖에 없다. 영지 수십 개가 궤멸당했다. 그저 사자후에 말이다. 그런 능력을 가진 상대를 바탕으로 지금 호각을 이루고 있다. 하지만 이길 수는 없을 거다.

"내가 제시했던 팩트. 자료들을 토대로 살펴보면 지금의 양상은 이미 예측할 수 있었어. 많은 사람들이 그냥 절대악 뽕에 심취되어 현실을 제대로 보지 못했을 뿐."

레닌은 자신이 대단히 객관적이고 논리적인 사람이 된 것 같은 기분에 빠져들었다. 함께 안주를 집어 먹던 쑤앙이 젓가락을 탁! 내려놓았다.

"이 병신아."

"······갑자기 왜 그래?"

"넌 저기 절대악이 철퇴 꺼낸 걸 보고도 모르냐?"

"······철퇴가 왜?"

"그러니까 네가 등신이라는 거야."

같은 시각. '루펜달'과 '이오빠가내오빠다'도 열변을 토했다.

-기적을 일으켰던 철퇴가 또다시 모습을 드러냈다. 용병왕의 철퇴. 그것이 형님의 철퇴가 되는 순간 만천하에 영광이 드러나리라!

-보고 싶은 것만 보고 듣고 싶은 것만 듣는 중생들이여. 때가 임박했다. 크고 아름다운 철퇴를 보아라! 지금의 이 상황은 이것을 위한 빅픽쳐였으니!

한주혁이 씨익 웃었다.

'MAX네?'

꼬꼬가 혼신의 힘을 다하여 버서커 상태의 블랙 문 타이거의 콧등을 쪼아댄 것이 신의 한 수였던 것 같다.

'내가 직접 때렸으면 겁먹을 수도 있으니까.'

너무 강해도 이게 문제다. 너무 강한 사람이 때리면 겁을 먹는다. 그런데 좀 비슷하거나 약한 사람이 때리면 열 받는다. 한주혁은 그 사실을 잘 알고 있었고 꼬꼬를 적절히 잘 활용했다.

"많이 열 받았으니까."

안 그래도 눈이 돌아간 상태의 버서커 모드. 처음 H/P가 50퍼센트였는데 어느새 40퍼센트까지 떨어졌다. 버서커 모드를 유지하는 데에 H/P가 소모되는 것 같았다.

"좀 맞아서 식혀야지?"

한주혁이 철퇴를 휘둘렀다. JTBN 손석기조차도 진땀을 흘려야 했다.

-스킬. 초속촬영기법을 사용합니다.

-스킬. 자동피사체추적을 사용합니다.

-스킬. 광역 줌을 사용합니다.

절대악의 움직임이 너무 빨랐다. 아까까지는 일부러 블랙 문 타이거의 수준에 맞춰주고 있었던 것처럼. 아까와는 완전히 다른 움직임. 순식간에 절대악이 문 타이거와의 거리를 좁혔다.

그러고서 철퇴를 휘둘렀다.

후우웅-!

거대한 파공성이 일었다.

꼬꼬를 향해 적개심을 토해내던 블랙 문 타이거는 황급히 피하려고 했으나 피하지 못했다.

JTBN 채널에 확실히 잡혔다. 블랙 문 타이거의 눈이 엄청나게 커지는 것을. 검은색 눈자위가 커졌다. 너무나 당황한 표정.

H/P가 뭉텅 떨어져 내렸다. 순식간에 10퍼센트 이하로 떨어져 H/P가 붉은색으로 변했다. 한주혁에게 알림이 들려왔다.

-블랙 문 타이거의 버서커 모드가 풀 버서커 모드로 전환됩니다.

풀 버서커 모드의 블랙 문 타이거. 블랙 문 타이거의 몸 전체가 연기처럼 변했다. 그 연기는 이내 검붉은색으로 변하기 시작했다.

-풀 버서커 모드의 블랙 문 타이거가 탄생합니다.

아까까지는 검은색. 그런데 지금은 검붉은색. 아까보다 크기가 훨씬 커졌다. 이빨이 마치 코끼리의 상아처럼 길게 튀어나왔으며 등에는 꼬꼬와 비슷한 형태의 날개가 돋았다.

어느새 H/P는 풀 H/P로 변했다. 풀 H/P답게 H/P 상태는 연두색. 한주혁이 씨익 웃었다.

'어쨌든.'

뭐가 어찌 됐든 분노 게이지만 MAX이면 그만이다. 추정 레벨 600대. 600대 몬스터가 어차피 세 봤자 600대 아니겠는가.

클래스의 절대적 상성 우위. 아이템의 절대적 상성 우위까지. 일반 600대 보스몹도 아니고 블랙 계열의 600대 보스몹이 까불어 봤자다.

"좀 맞자."

그리고 실제로 맞았다. 그의 말 그대로였다. 실제로 '조금'만 맞았다. 정확히 말하자면 48대를 얻어맞았다. 육안으로 보면 너무 빨라서 제대로 보이지도 않았지만 카메라로 정밀분석해 보면 48대를 맞은 게 맞았다.

한 번 얻어맞은 문 타이거는 제대로 반항을 하지 못했다. 피하기에만 급급했는데 피하지도 못했다.

H/P가 순식간에 0을 향해 떨어져 내렸다. TV를 통해 상황

을 지켜보던 레닌은 입을 쩍 벌렸다.

"……."

그 모습을 보던 쑤앙은 그제야 마음이 좀 풀렸다.

"듣고 싶은 것만 듣고, 보고 싶은 것만 보니까 그런 거야. 그래서야 뭐 되겠냐?"

아까 레닌의 표정이 떠올랐다. 자신이 마치 세상의 대현자라도 되는 것처럼. 이른바 깨시민이 된 것처럼 온갖 객관적인 척을 다 했는데 막상 뚜껑을 까보니.

"이 정도면 그냥 압살이지."

레닌은 인정할 수밖에 없었다. 눈앞에 펼쳐진 진실이 그러한데 뭐 어쩌란 말인가.

"……."

"보이냐, 등신아?"

"……."

"왜 말을 못 해?"

"……보인다."

"그냥 처맞는 거 보이지?"

"……그래."

"이게 바로 절대악의 법칙이지."

"……그게 뭔데?"

"뭐가 나오든 그냥 존나 맞는다는 거?"

중국 전역을 공포로 물들였던 블랙 문 타이거의 최후는 굉장히 싱거웠다. 겉으로 보기에는 그랬다.

절대악이 달려들어 손을 몇 번 휙휙 저어주자 더 강력해진 블랙 문 타이거의 H/P가 순식간에 떨어져 내렸고 이윽고 검은 잿더미로 변해 버렸다. 아주 쉽고 간단했다. 그사이에 40여 번의 공격이 있기는 했지만 육안으로는 잘 안 보일 정도였으니. 겉에서 보기엔 아주 쉬워 보였다.

-블랙 문 타이거를 사냥하였습니다.

한주혁의 노력이(?) 빛을 발했다.

-'용병왕의 철퇴'의 특수 효과에 의하여 아이템이 드랍됩니다.

그와 동시에 아이템 하나가 드랍됐다.

2장
버는 만큼 써라

　　JTBN 손석기는 지금까지 눈에 불을 켜고 절대악의 모습을 카메라에 담으려고 노력했다. 하지만 지금은 아니었다.

-어. 왜 화면이 제대로 안 보임!

-아놔! 궁금한데.

　　무려 블랙 문 타이거를 사냥하고 나온 아이템. 그 아이템이 뭔지 궁금했는데. 갑자기 화면이 제대로 보이지 않았다. 손석기가 사용하는 'ZOOM' 스킬을 취소했기 때문이다. 절대악이 무엇을 얻었는지. 일반적인 대중들은 알 수 없게 되었다.

　　한주혁은 의미심장한 표정을 지었다.

　　'이건……'

문 타이거에서 끝이 아닌 것 같다. 문 타이거에서 이어지는 블랙 문 타이거. 이 흐름은 여기서 끝이 아니었다.

'그때는 달빛 피리였지.'

어떤 방법으로 얻었는지는 모르겠다만 성좌들이 달빛 피리를 가지고 있었다. 달빛 피리를 통해 '저주받은 세니아 던전'이 활성화되었고 그에 따라 문 타이거가 이쪽으로 이동해 왔고.

'달빛의 요정 세니아가 항시 몸에 지니고 다니며 불었던 피리. 질투의 여신 쿠로스의 저주와 관련되어 있던 피리…… 였어.'

아마도 비슷한 아이템이리라 짐작이 됐다.

'달빛 하모니카라.'

하모니카 형태의 아이템이었다.

<달빛 하모니카>

아름다운 달빛의 요정 세니아의 연인. 루폰테가 항시 몸에 지니고 다니며 불었던 하모니카. 루폰테는 이 하모니카로 세니아에게 사랑을 속삭였다. 질투의 여신 쿠로스의 저주로 인하여 세니아의 피리가 망가졌을 때, 하모니카는 더 이상 소리를 낼 수 없게 되었다고 전해진다. 하모니카를 불기 위하여 특별한 조건이 필요하다.

옵션:

1) 루프라 던전 활성화

+상세설명

한주혁은 나름대로 재미있다는 느낌을 받았다.

달빛 하모니카와 달빛 피리. 두 개의 아이템이 굉장히 비슷했다.

<상세설명>

일정한 조건을 만족시킨 뒤 하모니카를 불면 루프라 던전을 활성화시킬 수 있습니다.

조건:

1) 달빛 피리와의 입맞춤.

2) 악/마/흑 속성 제물 1,000개체 델리트 필요. 단, 살아 있는 생명체에 한함.

달빛 피리로부터 시작하는 연계 퀘스트임에 틀림없었다.

'그러고 보면…….'

이것은 성좌 퀘스트의 일종 혹은 성좌 관련 히든 피스의 일종인 것 같다. 절대악인 자신이 '검은 불꽃'과 '제단', '대군주', '반항세력' 등의 키워드와 관련이 있는 클래스라면 성좌는 '기득권', '델리트' 등과 더불어 '달빛' 키워드와 밀접한 관련이 있는 클래스라는 판단을 내릴 수 있었다.

'1번 조건은 쉽고.'

1번 조건은 쉽다 못해 그냥 거저 주는 조건이다. 다른 사람에게는 힘들지 몰라도 한주혁에게는 그렇다. 한주혁은 이미 달빛 피리를 가지고 있었으니까.

'운이 좋네.'

거기까지만 운이 좋았다. 2번 조건을 확인한 순간 한주혁은 인상을 찡그렸다.

'제물 1,000개체?'

개체라는 말은 사람이어도 되고 NPC여도 되고 몬스터여도 된다.

'저 속성은 흔한 속성이 아닌데.'

제우스가 절대악의 꼼수를 파악한 건지. 아니면 원래 조건이 그런 건지는 모르겠다만 추가적인 설명까지 붙어 있었다.

-단, 살아 있는 생명체에 한함.

이라는 조건. 이 조건이 상당히 까다로웠다. 저 조건만 없었다면 한주혁은 어렵지 않게 달빛 하모니카를 활성화시킬 수 있었을 거다.

그에게는 든든한 지원자 앱솔루트 네크로맨서가 있었으니까. 앱솔루트 네크로맨서에 의하여 언데드화된 몬스터들은 악 속성이나 마 속성을 띠게 된다.

'그리고 사살이 아니라 델리트.'

한주혁에게는 델리트 권능이 없다. 있기는 있되, 한시적이고 일시적인 능력밖에 없다. 이를테면 말카노의 귀걸이를 활용한 '카운터 델리트'라든가. 마법병기 이브이를 활용한 델리트라든가. 아니면 유리아를 3번 사살하고 얻은 1회용, 그것도 70퍼센트 확률의 허접한 델리트 권능이라든가.

'일반적으로는 거의 불가능한 조건이네.'

원래도 찾기 어려운 악, 마, 흑 속성의 몬스터를 10마리도 아니고 100마리도 아니고 무려 1,000마리를 잡아야 하는데, 심지어 그냥 잡는 것도 아니고 델리트를 시켜야 활성화된다. 굉장히 까다로운 조건이라 할 수 있다.

'그만큼 보상도 짭짤하겠지. 그건 확실해. 오케이. 일단 조건은 전부 파악했고.'

조건은 이제 전부 알겠다. 이만하면 꽤 훌륭한 소득이라 할 수 있었다.

'방법이야 어떻게 찾다 보면 되겠지.'

일단은 여기서 만족하기로 했다. 그와 동시에 알림이 들려왔다.

-스킬. 매우 강력한 식탐을 사용합니다.

콕. 콕. 콕. 콕.
꼬꼬가 몸을 불사르며 달려들었다.
키에엑!

날 괴롭혀? 네놈이 감히? 나를? 펫도 아닌 네놈이?

키에에엑!

위대한 펫 1호인 나를!

꼬꼬는 아주 강력한 식탐과 욕망을 담아 블랙 문 타이거의 시체를 쪼고 쪼고 또 쪼았다.

키에에엑!

네놈이 아무리 강해도 펫 1호보다는 약하다!

펫 1호. 그러니까 꼬꼬인 자신의 무력 자체는 저놈보다 약할지도 모른다. 그러나 그건 단순 무력만 놓고 봤을 때 그런 거다. 꼬꼬의 뒤에는 주인님인 절대악이 있다.

키엑!

주인님이 있는 이상 내가 더 세다!

콕. 콕. 콕. 콕.

꼬꼬는 언제나 그렇듯 시체를 능욕했다. 기이한 열망을 가득 품은 눈동자로 노려보면서.

자세히 보면 입에서는 불꽃으로 이루어진 침방울도 줄줄 떨어져 내렸다.

키에에엑!

이것은 승리자의 포효였다. 더 강한 자, 더 강력한 펫. 이름하여 펫 1호.

JTBN 손석기는 그 광경을 놓치지 않았다.

-스킬. ZOOM을 사용합니다.

그리고 그 스킬에 의하여 광경을 목격한 세계인들이 흥분하기 시작했다.

쑤앙과 레닌도 흥분했다.

"내가 잘못 본 거 아니지?"

잘못 본 게 아니다. 어떻게 둘이 함께 잘못 볼 수 있단 말인가. 레닌은 주변을 둘러봤다. 이 식당에는 다른 사람이 대여섯 명 정도 함께 있었는데 다들 TV에서 눈을 떼지 못했다.

"아무래도…… 제대로 본 거 같다."

"역시…… 그렇지? 다들 눈 커진 거 봐. 우리만 잘못 본 게 아냐."

이곳에 있는 모두가 잘못 봤을 리는 없으니까.

"저거 절대악 나오기 전에는 전 세계에 겨우 3개밖에 풀리지 않았다는 그 보물 맞지?"

"……아마도……."

역사가 다시 기록되기 시작한 200년간, 겨우 세 번만 모습을 드러내었던 블랙 스톤이 또 허무하게 모습을 드러냈다.

콕.

부리가 시체를 찔렀을 때.

"저 정도면 콕하면 뽕 아니냐?"

이른바 '콕뽕콕뽕'이다. 천세송은 한주혁의 공격 스타일을

일컬어 '푹억푹억'으로 표현했는데, 쑤앙은 '콕뽕콕뽕'으로 표현
했다. 그리고 온라인상에서는 이미 많은 사람들이 쓰고 있는
말이기도 했다.

꼬꼬가 '콕' 찌르면 몬스터가 아이템을 '뽕' 하고 토해낸다는
뜻이었는데 이번엔 그 '콕뽕콕뽕'의 스케일이 너무 컸다.

"무슨 블랙 스톤이 저렇게 화이트 스톤처럼 나오나?"

또다시 콕 찔렀을 때.

-블랙 스톤이다. 틀림없다!
-블랙 스톤이 벌써 3개째다.

세계가 열광했다. 세계의 보물. 각 나라와 내로라하는 대연
합들이 눈에 불을 켜고 얻고 싶어 안달이 난 엄청난 보물. 블
랙 스톤이 눈앞에서 드랍되고 있지 않은가.

-설마 또 나오나?
-에이 설마. 그게 말이 되냐? 무려 블랙 스톤이라고.
-4개.

꼬꼬의 활약은 대단했다. 꼬꼬의 신들린 부리질은 멈출 생
각을 하지 않았다. 자신에게 굴욕을 줬던 블랙 문 타이거를 용
서할 생각이 없어 보였다. 찌르고 찌르고 또 찔렀다. 쪼고 쪼

고 또 쪼았다.

한주혁도 이쯤 되니 황당했다.

'또 나왔어?'

벌써 5개다. 블랙 스톤이 무려 5개가 나왔다. 블랙 스톤은
가지고 있는 것만으로도 엄청난 전략적 자산이 된다.

화면으로 상황을 지켜보던 3충성은 전율을 느껴야만 했다.

'타이밍 보소.'

지금 타이밍이 어떤 타이밍인가. 미국의 핵우산 시스템인 '사
이드 시스템'을 들여오기 직전의 타이밍 아닌가.

사이드 시스템을 활성화하려면, 적어도 한국 전체 면적을
다 방어권에 넣으려면 블랙 스톤이 최소 1개 이상은 필요하다
고 알려져 있었는데.

'JTBN 손석기가…… 일부러 이 상황을 생중계하고 있다.'

아까 블랙 문 타이거를 잡고 나온 아이템은 보여주지 않았는
데 블랙 스톤은 보여줬다. 꼬꼬가 신들린 부리질을 했고 3충성
은 신들린 손가락질을 선보였다. 그의 손가락이 뭐에 홀린 것
처럼 키보드를 두드렸다.

-이것은 절대악이 공표하는 것임. 미국에게. 그리고 전 세계에게. 내게
는 블랙 스톤이 이만큼 있다. 이것을 전 세계에 선포하는 것임. 사이드 시
스템 정도는 얼마든지 운용할 수 있는 능력이 있다. 이것을 전 세계에 실시
간으로 보여줌.

올림푸스에서 직접 전송하는 영상. 그 어떤 방식으로도 조작이 불가능한 영상. 이 영상을 전 세계로 송출하고 있지 않은가.

3충성은 몸을 바르르 떨었다.

'사이드 시스템……!'

그는 사이드 시스템의 열렬한 지지자 중 한 명이다.

'사드 따위와는 비교도 안 되는 막강한 무력체계!'

미국은 '사드'라는 고고도 미사일 방어체계도 갖추고 있다. '사이드 시스템'과 비교할 수도 없는 낙후된 시스템이다. 아예 같은 비교 선상이 아니다.

'사드'는 몬스터 스톤을 활용하지 않은, 최근 보완을 거쳐서 그린 스톤이나 블루 스톤을 활용한다는 소문도 있기는 있으나 재래식 방어체계다. 그에 반해 '사이드'는 무려 '블랙 스톤'을 활용한 전 세계 최첨단의 완벽한 미사일 방어 시스템이다.

'수명이 100년 정도밖에 안 되는 것이 문제지만.'

현재 과학자들이 그렇게 예상하고 있다. 블랙 스톤의 내구성도 무한한 게 아니라서, 수명이 짧게는 약 50년. 길게는 약 100년 정도를 예상하고 있다. 현재 사이드 시스템을 운용하기 시작한 지는 30년 정도 됐다.

3충성의 손가락이 빠르게 움직였다.

-한국인이라면 정말로 형렐루야를 외쳐야 하는 상황이 도래한 것임. 절

대악과 같은 시대를 살아가는 한국인은 축복받은 것이 틀림없음. 개인이 나라 전체의 외교력보다도 훨씬 강력한 외교적 힘을 발휘하는 기적적인 광경을 우리는 지금 우리 눈으로 목격하고 있는 거임.

이번에는 순수하게 감탄한 거다. 곳간 풍족자 열비람의 곳간을 노린 것이 아닌, 진짜 순수한 감탄. 그리고 절대악에 대한 경의의 표현.

'벌써 7개!'

꼬꼬의 활약은 그야말로 대단했다. 벌써 7개의 블랙 스톤이 드랍됐다.

레닌은 믿을 수 없었다.

"더…… 나오지는 않겠지?"

그사이 화면에 워프 마스터 이주랑과 앱솔루트 네크로맨서 천세송도 잡혔다. 천세송은 검은 잿더미가 사라지기 전, 아마도 사령술을 실행하려고 온 것 같았다.

"……더 나왔네."

블랙 스톤이 8개가 드랍됐다. 꼬꼬는 신이 났다.

키에엑!

많다! 많다! 많이 내놔라!

어차피 이건 다 못 먹는다. 이건 주인님 거다. 이제 꼬꼬도 우선순위에 대한 관념이 확실히 생겼다. 한 10개쯤 뽑아내면 그중 1개 정도는 먹을 수 있지 않을까. 펫 2호인 루펜달 녀석처럼. 떨어지는 콩고물이라도 얻어먹을 수 있지 않을까.

레닌은 물론이고 식당 안의 모든 사람이 TV에서 눈을 떼지 못했다.

"……9개."

이제 정말 더 이상은 나오지 않겠지. 200년간 모습을 단 세 번밖에 드러내지 않았던 인류의 보물인데. 한 자리에서 10개가 나오지는 않겠지. 그럴 수는 없겠지. 하지만 그럴 수 있었다. 레닌은 실시간으로 '그럴 수 있는' 광경을 보고야 말았다.

"……10개."

한주혁은 아주 뿌듯한 얼굴로 꼬꼬를 쳐다봤다.

'블랙 스톤 10개?'

블랙 스톤 10개를 얻었다. 다른 아이템은 나오지 않았지만 이게 어디인가. 루펜달이 잽싸게 나서서 블랙 스톤 10개를 한주혁의 인벤토리에 직접 전송했다.

루펜달과 꼬꼬는 상으로 레드 스톤 5개씩을 받았다.

"잘했다."

꼬꼬가 가슴을 활짝 폈다. 그러고서 루펜달을 내리깔아봤다.

키엑.

어떠냐? 이게 바로 펫 1호의 위엄이다. 맛있고 검은 거 10개를 얻어냈다. 너는 못 하지?

루펜달은 이번에 자신이 조금 밀렸음을 인정했다. 블랙 스톤 10개라니. 저 펫 2호 자식이 제법 하는구나. 그래봤자 2호지만.

한주혁은 이번 블랙 문 타이거 레이드(사실 이것을 레이드라 표현할 수 있을지는 모르겠으나)를 성공리에 끝마쳤다. 중국 영지 수십 개가 박살이 나기는 했지만 일단 한주혁의 피해는 전혀 없었다.

'달빛 하모니카'와 '블랙 스톤 10개'까지 획득했다.

'한숨 돌릴 수 있겠네.'

블랙 스톤은 많으면 많을수록 좋다. 제단도 운용해야 하고 사이드 시스템도 구축해야 하고 또 다른 제단을 위해 비축도 해야 하고 각 나라에게 줄 당근으로 준비해 놔야 하고.

그런데 상황이 그렇게 평화롭게만 흘러간 것은 아니었다.

-주군. 급히 오셔야 할 것 같습니다.

한주혁은 고개를 갸웃했다.

-룩소?

룩소는 제1장로다. 보통 1장로는 먼저 연락을 하지 않는다. 2장로인 시르티안이 먼저 연락하는 편이다. 시르티안은 푸르나에 기거하고 있고 룩소는 힐스테이에 기거하고 있다.

힐스테이 내에서 벌어지는 크고 작은 일들은 대부분 1장로가 알아서 처리한다. 이런 잡스러운 일들로 감히 주군을 번거롭게 할 수 없다는 것이 1장로의 철학이었으니까.

그런 1장로가 이렇게 먼저 타 대륙까지 넘어와서 연락을 했다는 건, 작은 일은 절대 아니라는 뜻이다.

한주혁이 물었다.

-혹시 힐스테이에 급한 일이 생겼나?'

어지간해서는 움직이지 않는 제1장로. 그가 힐스테이를 벗어나 굳이 이곳, 중국 기반 대륙까지 워프해서 이동했다. 중국 대륙에서 한국 대륙으로 이어지는 워프 포탈 근처에서 대기 중인 상태.

한주혁은 룩소와 함께 힐스테이로 향했다. 힐스테이에 도착한 룩소가 바로 보고를 올렸다.

"중앙 제단에서 이상 반응이 포착되었습니다."

"이상 반응?"

한주혁은 일단 '제단'이라 말하면 한 번 놀랄 준비를 한다. 이놈의 제단이라는 것은 아주 돈을 잡아먹는 괴물 같은 거다. 때에 따라 블랙 스톤도 먹여줘야 하고 어떤 아이템도 먹여줘야 하고. 하여튼 까다로운 놈이다.

"근원을 알 수 없는 진동이 감지되었습니다."

한주혁이 제단 앞에 도착했을 때, 이미 수많은 NPC들이 제단 앞에 모여 있었다.

한주혁이 모습을 드러내자 NPC들이 그 즉시 무릎을 꿇었다.

"만세! 만세! 만만세!"

그들에게 있어서 한주혁은 그들을 배고픔의 늪에서 꺼내주었고 볼품없던 작은 마을을 이토록 부흥시켜 준 절대자였다. 한주혁은 오른손을 들어 올렸다. 그것을 본 NPC들은 눈물을 흘리기까지 했다.

'여기 어디에 감동받을 구석이 있는지는 모르겠지만.'

한주혁이 인사에 화답해 준 것만으로도 저들은 감동을 받은 듯했다.

'어디 보자.'

한주혁이 제단 앞에 섰을 때. 한주혁은 느낄 수 있었다.

"확실히……."

제단이 마치 무너질 것처럼 진동하고 있었다. 다른 곳은 멀쩡했다. 지진은 아니었다. 한주혁이 제단 앞에 서서 상세설명을 살펴보자 알림이 들려왔다.

-근원을 알 수 없는 힘이 제단에 작용하고 있습니다.
-제단에 무리한 힘이 가해지고 있습니다.
-중앙 제단이 무너질 수 있습니다.

이러한 알림과 함께 하나의 상태창이 제단 위에 활성화되었다. 한주혁의 눈에만 보이는 상태창인 듯했다.

-18시간 32분 06초.

저 시간이 초 단위로 계속해서 줄어드는 게 보였다.

'제단이 무너질 수도 있다는 게……. 단순히 경고는 아닌가 보네.'

제단은 곧 절대악의 근간을 이루는 것이기도 하다. 제단을 통해 대군주 자격을 획득했고 제단을 통해 절대악의 영향력을 넓혀가고 있는 중이다.

-제단이 무너지면 힐스테이는 멸망합니다.
-제단이 무너지면 절대악 클래스가 회수됩니다.

한주혁은 인상을 찡그렸다. 여기까지 열심히 올라왔더니 이제는 제단을 지키란다. 제단을 못 지키면 절대악 클래스가 회수된단다.

'미친.'

이 제우스 새끼. 실체가 있는 놈이라면 멱살을 잡았을지도 모를 일이다.

-퀘스트. '제단을 지켜라!'가 활성화되었습니다.

한주혁이 퀘스트창을 열어 살펴보니 내용 자체는 별거 없었다. 근원을 알 수 없는 어떠한 힘이 제단에 강력한 영향력을 끼치고 있으니 그 힘으로부터 제단을 지켜야 한다는 것이었다. 역시 시간제한이 있는 퀘스트였다.

룩소가 물었다.

"……주군. 어떻게 할까요?"

룩소는 퀘스트의 내용 자체는 모른다. 제단이 무너질 수 있다는 것도 파악 못 했고 제단이 무너지면 이 필드 전체가 사라진다는 것도 인지하지 못했다. 그러나 한주혁의 표정을 읽은 룩소는, 지금의 이 일이 그렇게 간단하지만은 않은 일이라는 것을 직감했다.

"베르디는?"

어쩌면 제5장로. 대마법사 베르디에게 실마리가 있지 않을까. 이런 쪽은 베르디가 전문이니까.

"주군. 베르디가 여기 있사와요."

못 본 사이. 그새 키가 더 작아진 거 같은 느낌이다. 저렇게 보면 잘 쳐줘야 중학생 정도의 모습. 저 앳된 모습 안에 대마법사의 능력이 숨겨져 있는 셈이다. 대마법사 베르디는 이미 이 제단을 훑어봤었다.

"죄송해요. 베르디도 이 근원을 알 수가 없사와요. 백방으로 노력하였으나…… 찾기가 어렵사와요."

다만, 한 가지는 확실했다.

"마법의 영역은 아닌 것이 확실하답니다. 마법이었다면 어떤 식으로든 마나의 흐름이 있을 거고, 저는 그 마나의 흐름을 놓치지 않으니까요. 이건 마법이 아니라 다른 특별한 힘이어요. 플레이어들이 말하는 시스템적인 어떠한 것. 설정상의 어떤 다른 힘. 마법과는 다른 미지의 힘이 제단에 작용하고 있사와요."

마법과는 다른 어떠한 힘.

'혹시…….'

성좌들의 능력이 아닐까. 어렴풋이 생각을 해봤지만 이 역시 확실하지는 않았다.

한주혁은 인상을 찡그렸다.

"이 일을 최우선으로 해결해야겠군."

혹시 이곳의 위치가 발각된 것은 아닐까.

'만약에 성좌들이 이곳을 찾은 것이라면.'

그랬다면 제국과 긴밀한 관계를 갖고 있을 것이라 짐작되는 성좌들이 제국에게 알렸을 것이다.

'위치가 발각된 건 아냐.'

제국은 이곳을 찾아내는 것에 혈안이 되어 있다. 그리고 제국 내의 공공의 적. 주적으로 설정되어 있는 상태다.

내부 싸움 중인 대공이 패권을 잡는 데 훨씬 유리한 단초를 제공할 수 있을 거다. 외부의 강력한 적이 만들어지는 셈이니까.

한주혁이 한 걸음 앞으로 나섰다.

"일단은 내가 손을 보겠다."

그와 동시에 베르디가 한 걸음 뒤로 물러섰다.

'아아. 저 박력……!'

베르디는 저도 모르게 몸을 배배 꼬았다.

주군을 보고 있으면 그냥 그것 자체만으로도 흥분이 됐다. 성적인 흥분과는 약간 달랐다. 그것과는 다른, 그저 보는 것만으로도 황홀하고 행복한 그런 느낌. 동경과 경외와 존경과 사랑 등이 아무렇게나 뒤범벅된 괴상한 느낌.

사실 한주혁이 딱히 박력 있는 모습을 보여준 건 아니지만, 베르디는 그렇게 느꼈다.

"주군을 믿사와요. 주군께 답이 있을 것이어요. 베르디가 도움이 못 되어 드려서 정말 죄송해요."

룩소는 잠자코 한주혁을 쳐다봤다.

'마법도 아닌……'

플레이어들이 말하는 '시스템상의 어떤 힘'이 작용하고 있는 것 같은데.

'그 힘을 어떻게 제어하실 생각이시지?'

그 방법은 모르겠다만 그래도 그는 주군을 믿었다. 주군께서는 분명 어떠한 방법을 가지고 있을 것이다. 그것은 거의 맹목적인 믿음이었고 신뢰였다.

'방법은 모른다. 하나 분명히 가능하시다.'

다만, 절대악을 직접 경험하지 못한 수많은 NPC들은 걱정 반, 기대 반의 눈으로 한주혁을 올려다봤다.

한주혁이 아주 작게 한숨을 내쉬었다.

'이게 진짜 성좌들의 짓이라면……'

눈에서 피눈물을 뽑아내 줄 거다.

'아. 내 피 같은 블랙 스톤.'

방금 블랙 스톤 10개를 얻었다. 그래서 심적으로 굉장히 안정감을 느꼈다. 블랙 스톤은 굉장히 강력한 물리적, 비물리적 힘을 발휘하는 보물이니까.

-블랙 스톤을 사용하여 중앙 제단을 안정화시키시겠습니까?
-중앙 제단 안정화는 일시적인 방법입니다.

어쩔 수 없다. 아무리 생각해도 지금 당장. 제한시간 이내에 안정화를 시킬 수 있는 방법이 떠오르지 않는다.

다른 NPC에게 블랙 스톤을 맡겨놓는 것도 의미 없는 방법이었다.

-대군주의 자격을 갖춘 이만이 중앙 제단 안정화에 힘을 발휘할 수 있습니다.

결국 한주혁이 직접 와서 블랙 스톤을 사용하여야만 한다는 뜻이다.

-블랙 스톤을 사용하여 중앙 제단을 안정화시킵니다.

제단의 진동이 조금씩 멎기 시작했다.

-중앙 제단 안정화에 성공하였습니다.

그와 동시에 끝없이 들려오는 알림음.

-충성심이 올랐습니다.
-카리스마가 상승합니다.

그에 따라.

-NPC들의 생산성이 20퍼센트 증대됩니다.
-NPC들의 경험치 획득률이 20퍼센트 향상됩니다.

몇몇 혜택이 생겼다. 그러나 그 혜택들은 그다지 귀에 들어오지 않았다.

'겨우 24시간 늘어나?'

겨우 하루 늘어났다. 블랙 스톤 1개를 소모했는데 말이다. 블랙 스톤 1개면, 평범한 사람이 자자손손 놀고먹으면서 살 수 있을 만큼의 위대한 보물이다.

'그 블랙 스톤으로 겨우 하루 벌었어?'

이를 바드득 갈았다.

'이거 이렇게 만든 새끼. 무조건 죽인다……!'

'버는 만큼 써라'라고 주문하는 것도 아니고. 반드시 잡아다가 블랙 스톤 값어치만큼 두들겨 팰 거다.

베르디도 팔을 걷어붙였다.

"주군. 주군의 마음을 알겠사와요. 주군께 근심 덩어리를 던진 놈들의 팔다리를 찢어 잘근잘근 생으로 씹어주겠사와요. 이 베르디는 주군께 칭찬을 받을 것이어요."

베르디는 혀로 입술을 핥으면서 방긋 웃었다.

한주혁은 로그아웃했다. 아무리 블랙 스톤이 아깝고 시간이 아까워도 무한정 올림푸스에 접속할 수는 없다. 올림푸스 플레이는 육체적, 심적 소모가 상당히 큰 편이니까.

침대에 누워 쉬고 있는데 노크 소리가 들려왔다. 한세아였다.

"오빠."

"엉."

"나 새로운 퀘스트 떴어."

"새로운 퀘스트?"

성좌 퀘스트인 것 같다. 그런데 지금은 그 퀘스트에 집중하기 어렵다. '근원을 알 수 없는 힘'을 파악해야 하니까. 아무리 성좌 퀘스트가 경험치를 퍼주는 꿀던전이라고 할지라도 지금은 그게 최우선이었다.

"오빠 지금 바쁘다."

"근데 오빠랑 엄청 관련이 있는 퀘스트인 거 같아서 하는 말이야."

"나랑?"

한세아가 말을 이었다.

"내 생각에…… 이거는 성좌 전체 퀘스트인 거 같아."

현재 성좌는 6명이다. 1번 성좌 유리아가 성좌 자격을 박탈당했고 그 이후로 성좌가 설정되지 않았다. 현재 전투 결과창에도 1번 성좌는 '-'로 표시되어 있다. 그러니까 6명의 성좌에게 공통적으로 주어지는 퀘스트라는 얘기였다.

"절대악의 본거지를 찾으래."

"그거야 뭐."

저 정도는 뭐 별로 문제가 되지 않는다. 에르페스 제국이 예전부터 눈에 불을 켜고 있는 곳이 바로 '스카이 데블의 은신처' 즉, 힐스테이 아닌가.

"성좌 중 한 명이 절대악의 본거지…… 와 관련된 실마리를 찾았나 봐."

"음?"

제국에서도 눈에 불을 켜고 찾아도 못 찾은 설정의 힐스테이를, 성좌가 찾았다고? 그 대단한 에르페스 제국도 못 찾았는데?

"상세설명에 따르면 위치는 못 잡은 것 같아."

"근데?"

"위치는 못 잡았는데 기운의 실마리를 잡았다고 설명이 되어 있어. 성좌 중 하나가 그 기운을 흔들고 있고."

얘기를 들어보니 대충 이해가 됐다.

'아.'

그러니까 지금 성좌들이 힐스테이를 찾아낸 건 아니었다. 다만, 성좌들 중 한 명이, 누구인지는 모르겠으나 푸르나에 피어오르고 있는 중앙 제단의 불꽃과 흡사한 기운을 느꼈고 그 기운을 흔들 수 있는 설정상 능력을 갖고 있는 듯했다.

한주혁이 씨익 웃었다.

"그러니까. 어쨌거나 성좌 중 한 명이라는 거네."

아직 '?'로 표시되어 있는 성좌일 수도 있고 아니면 다른 성좌가 새로운 능력을 개방시켰을지도 모를 일이다. 어쨌든 성좌는 사기 클래스 절대악을 상대하기 위한 클래스니까. 폭풍 성장을 해도 이상할 것은 없다.

"그리고 그 성좌 중 한 명이 푸르나의 불꽃 기운과 비슷한 기운을 찾아내서 흔들고 있는 거고."

때문에 블랙 스톤을 써야만 했고. 앞으로도 쓸 수도 있고.

"그래서. 네 퀘스트는?"

"말했잖아. 절대악의 본거지를 찾아야 돼. 더 정확히 말하자면 성좌가 찾은 절대악의 근원. 불꽃의 힘을 찾아야 돼."

결국 '절대악 VS 7개의 성좌' 퀘스트는 계속해서 진행되고 있다는 얘기다. 전력상 분명한 차이가 있을지라도 말이다.

한주혁이 말했다.

"오케이. 내가 도와줄게."

한세아가 고개를 끄덕였다. 한세아도 꼬치꼬치 캐묻지는 않았지만 절대악의 본거지가 어딘가에 있다는 사실을 이미 알고 있는 상태다. 과거 통조림도 구해다줬고, 그곳에 있다는 NPC 들을 돈 먹는 하마로 표현했던 적이 있었을 정도니까.

한세아가 헤헤- 웃었다.

"이거 내 생각에는 성좌들이 연합해서 진행해야 하는 퀘스트 같은데……."

지금 그냥 예상하기로는 아마 굉장히 험난한 길이었어야만 할 거다. 이를테면 엄청난 난이도의 던전을 통과하듯. 그런 식으로 클리어가 진행되었을 확률이 높았다. 하지만 오빠와 함께라면? 얘기가 완전히 달라진다.

"오빠만 믿을게."

7번 성좌는 성좌들을 배신하고 절대악한테 붙은 지 오래됐다. 아니, 애초에 성좌들 편이었던 적이 없으니 배신이란 단어도 어울리지 않을지도 모른다.

어쨌든 약간의 휴식을 취한 한주혁은 한세아와 함께 예전에 함께 밀거래를 했었던 장소였던 레프니아 산맥에서 다시 만났다. 그곳에는 베르디가 이미 마중 나와 있던 상태였다. 대기하던 베르디가 입을 열었다. 굉장히 조심스러워 하면서.

"주군. 드릴 말씀이 있사와요. 아주 중요한 얘기랍니다. 베르디는 용기를 내기로 했어요. 말씀드려야 할 것 같아서요. 말씀드려도 될까요?"

3장
중앙 제단을 지켜라

　항상 수다스럽고 쾌활한 베르디다. 그 베르디가 조심스레 말을 한다는 것. 한주혁은 이 태도만으로도 이미 알아차렸다.

　"베르디."

　"네, 주군. 베르디가 여기 있사와요."

　"네가 할 말을 나는 이미 알고 있다."

　"역시 주군께서는 베르디를 너무나 잘 알고 계셔요. 베르디는 마치 주군 앞에서 나체로 서 있는 것만 같은 기분이 든답니다."

　한주혁은 인상을 살짝 찡그렸다. 어린애 모습하고서 그런 말 하지 말라고. 하여튼 지금은 그게 중요한 게 아니었다.

　"네가 하고자 하는 말이 내가 예상하고 있는 말이 맞다면."

　한주혁이 베르디를 쳐다봤다.

　"나는 아직 네게 큰 신뢰를 얻지 못했다는 뜻이구나."

베르디가 펄쩍 뛰었다. 더 정확히 말하자면 깡총 뛰었다.

"아, 아니어요! 주군은 저희를 구원하신 분이셔요. 주군의 위대함에 깊은 경의를 표하며 주군께 무한한 신뢰를 보내고 있사와요. 베르디는 주군을 존경. 아니, 사랑하고 있사와요."

옆에 서 있던 한세아는 왠지 베르디가 가장 하고 싶었던 말은 마지막 말이 아닌가 싶은 기분이 들었다.

'사랑에 특히 악센트가 들어간 거 같은데. 기분 탓인가?'

그래. 기분 탓이겠지?

"베르디. 지금 네 생각이 다른 장로들의 생각이기도 한 것이냐?"

베르디는 한쪽 무릎을 꿇었다. 고개를 조아렸다.

"제가 생각하고 있는 것이 주군께서도 생각하고 계신 것과 감히 일치하는지 여쭙고 싶사온데 여쭈어도 될까요?"

"우리들의 본거지에 성좌가 들어가도 되는지. 걱정하고 있는 것이 아니더냐?"

베르디의 몸이 가볍게 떨렸다. 저 말이 맞았다. 아무리 그래도 저 여자는 성좌다. 절대악의 가장 큰 적. 설정상, 모든 주민들이 굶어 죽기 직전까지 갔었던 위기를 겪은 이들이다.

장로들 입장에서는 힐스테이를 공개하는 것 자체가 커다란 부담일 수밖에 없다. 여기까지 겨우 올라왔는데.

한주혁이 피식 웃었다.

'이 짓도 하다 보니 익숙해지네.'

절대자로서의 위엄을 갖춘 사람을 연기하는 거. 처음에는 굉장히 어색했는데 이제는 할 만한 것 같다. 단순히 할 만한 것을 넘어서서 이제는 스스로 칭찬할 만한 경지에 이른 것 같다.

"베르디. 시르티안을 제외한 모든 장로를 불러 모아라. 힐스테이의 중앙 제단 앞에서 너희들을 보겠다."

베르디는 한주혁의 명령을 어길 수 없었다. 아니, 어길 생각도 없었다.

"주군께서는 성좌를 데리고 들어오실 생각이어요."

제1장로 룩소가 고개를 끄덕였다.

"그것이 주군의 뜻이라면."

시르티안을 제외한 모든 장로가 한자리에 모였다. 장로들은 걱정을 표하기는 했으나.

제6장로. 광역딜에 특화된 장로. 제타가 크하하핫! 하고 크게 웃었다.

"주군의 뜻이라면 말이야. 지옥불에도 들어가야죠! 나는 준비됐습니다!"

제9장로. 패스파인더인 팬더도 말했다.

"우리가 걷고 있는 이 길이 설사 멸망으로 향하는 길이라 할지라도. 우리 앞에 서 있는 분이 주군이시라면. 그분이 나의 목자가 되신다면. 나는 그 길을 겸허히 따를 것입니다."

제5장로. 베르디도 장로들의 생각에 동의했다.

"우리가 할 수 있는 것은 주군의 선택에 우리의 생각을 표현하는 것 정도. 결국 모든 것은 주군께서 선택하실 것이어요. 주군의 선택이라면 저는 그 어떤 선택도 겸허히 받아들일 것이어요."

제1장로 룩소가 장로들을 둘러보며 조용히 입을 열었다.

"모두들 잘못 생각하고 있군."

주군을 신뢰한다는 점에 있어서는 모두가 공통적인 생각이다.

"팬더. 네가 걷는 그 길이 비록 멸망으로 향하는 길일지라도……. 라고 말했나?"

"그렇습니다. 저는 그 길이 비록 나를 파멸로 몰아넣는다 할지라도. 주군과 함께라면 응당 걸어갈 것입니다."

제1장로가 희미하게 웃었다.

"주군께서 우리를 멸망으로 이끄실 리가 없지 않은가. 우리가 본받아야 할 이가 있다."

그 사람은 다름 아닌.

"루펜달."

루펜달이었다.

"그의 행동은 경박스럽기 그지없지만 그 마음속 깊은 본심은 우리가 충분히 본받을 만하다. 루펜달을 떠올려라. 그리고 본받도록 하자."

어쨌든 시르티안을 제외한 11장로의 뜻이 하나로 모여졌고 그들은 힐스테이의 중앙 제단 앞에서 한주혁을 기다렸다.

힐스테이 제단 앞. 장로들이 무릎을 꿇었고 만 명에 달하는 NPC들도 무릎을 꿇었다. 이곳에 들어오는 것이 처음인 한세아는 침을 꿀꺽 삼켰다.

'와……! 이거 장관이네.'

불타오르는 검은색 불꽃. 절대악을 상징한다는 저 중앙 제단. 그 중앙 제단이 위치하고 있는 중앙 광장. 그곳에 무릎 꿇고 있는 11명의 최상급 NPC. 1만에 달하는 수많은 주민들. 이렇게 많은 이가 모여 있음에도 불구하고 숨소리 하나 들리지 않았다.

지금 들리는 소리라고는 중앙 제단에서 불이 타오르고 있는 소리뿐. 마치 가벼운 폭풍이 부는 것 같은 바람소리가 들려왔다.

한주혁이 중앙 제단의 계단 몇 칸을 올라갔다. 그 행동 하나하나에 군주의 위엄이 서렸다. 적어도 장로들이 보기에는 그랬다. 계단에 올라선 한주혁이 입을 열었다.

"묻겠다. 내가 누구인가?"

제1장로. 룩소가 이곳에 모인 이들을 대신하여 입을 열었다.

"저희들의 태양. 저희들의 주군. 저희들의 불꽃. 저희를 인도하시는 인도자이십니다."

한주혁이 고개를 끄덕였다.

'이거 좋은 기회네.'

이들을 통솔하고 이끄는 것에는 '카리스마 수치'가 상당한 영향을 끼친다. '충성 서약서'를 통해 이들의 충성을 받아내기는 했지만 그래도 직간접적으로 가장 크게 영향을 미치는 것은 '카리스마'라는 것을 경험적으로 느끼고 있다. 한주혁의 '비활성화 스탯'인 카리스마.

'이런 경우가 카리스마 올리는데 장땡이지.'

이 짓도 하면 는다고. 한주혁이 입을 열었다.

"너희들의 깊은 신뢰에 일단 경의를 표한다."

오는 길에 이미 JTBN 이상호 기자에게 받은 음성 확성 스톤을 가져온 상태. 절대악의 음성이 낮고 넓게 깔렸다. 1만 군중에게 전부 들릴 수 있을 정도로.

"너희가 걱정하는 것도 모두 이해하고 있다. 성좌들은 나의 적. 성좌가 이곳을 방문하는 것이. 모두에게 두려움이 되리라는 것을 알고 있다."

한세아는 그 옆에 가만히 섰다. 죄지은 것도 없는데 괜히 죄지은 기분이다. 그런데 그것 말고도.

'우리 오빠. 되게 자연스럽네.'

연기를 진짜 못한다고 생각했는데 아닌 것 같다.

"그러나 그 두려움의 크기보다 내가 너희를 이끄는 것에 대한 신뢰가 더욱 크기에. 그렇기에 커다란 반발 없이 성좌를 이곳까지 들이는 것에 동의한 것이라 믿는다."

1만 군중과 장로들이 약속이라도 한 것처럼 '충!' 하고 크게 외쳤다. 땅이 울렸다. 우연의 일치인지는 몰라도 그 순간 중앙 제단의 불꽃이 크게 피어올랐다. 하늘 높이.

"나는 너희들의 군주다."

그리고 이들이 원하는 말. 설정상 강력하게 소망하는 그것. 그것을 입에 담기로 했다.

"그리고 이 세상을 담을 것이다. 내 발아래, 너희들의 발아 래에 이 세상을 둘 것이다. 이 세상을 담는 그릇이 될 것이다."

한주혁은 잠시 주위를 둘러봤다.

-충성심이 올랐습니다.
-충성심이 올랐습니다.

충성심과 더불어.

-카리스마 수치가 올랐습니다.
-카리스마 수치가 올랐습니다.

카리스마 수치까지도 같이 올랐다.

'역시. 이게 짱이네.'

많은 부하들 모아놓고. 특정한 상황에서 군주를 연기하는 것. 이게 최고다.

"내가 내 적인 성좌조차도 품지 못한다면. 내가 어찌 이 세상을 담겠는가. 나를 믿어라. 그리고 이 아이는, 내가 사랑하는 가족이다."

물론 평소에는 사랑한다거나 이런 말 절대 안 한다. 그냥 부하들 앞이니까 하는 말이다. 감동하라고.

11명의 장로가 크게 외쳤다.

"그렇습니다! 저희의 생각이 짧았습니다."

이렇게 얘기하자고 서로 짠 것도 아닌데. 저절로 이렇게 얘기하게 됐다.

한주혁이 씨익 웃었다.

"나를 믿어라. 내가 너희들의 군주다."

그와 동시에 와아-! 하고 함성이 터져 나왔다. 1만 군중과 11명의 장로가 만세! 만세! 만만세! 를 외쳤다. 그 중앙에 서 있는 한세아는 아까와는 사뭇 다른 기분을 느껴야만 했다.

'와……! 이거.'

드라마나 영화 같은 데에서 이런 장면을 몇 번 보기는 했었는데. 직접 이 자리에 서 있자 느낌이 완전히 달랐다. 그리고 '사랑하는 가족'이라고 표현했을 때. 이 기분 뭔가 굉장히 간질간질했다. 오글거리는 것 같기도 하고. 좋기도 하고. 그 중간 즈음의 묘한 기분이었다.

'느낌 되게 묘하네.'

오빠를 쳐다봤다.

'우리 오빠.'

반년 정도 전만 해도 만년 취준생이었는데. 불과 그 정도 시간 만에 여기까지 왔다. 군주를 연기하는 것이라고는 하지만, 저건 단순히 연기라고 보기에는 어려운 것 같았다. 동생인 한세아가 보기에도 굉장히 자연스러웠다.

마치 저 자리가. 군주의 자리를 위해 태어난 사람 같았다.

'되게 멋있어졌네.'

이건 이성 간의 호감이라든가 그런 것과는 관련이 먼 느낌이다.

'진짜 멋있어졌다.'

이 상황에 직접 처하게 되면 오그라들 것 같았는데. 전혀 아니었다. 1만 군중이 무릎 꿇고 눈물을 흘리고 있는 저 모습. 작위적이지 않은 저 모습은 괜스레 한세아의 마음을 뭉클하게 만들었다. 저토록 많은 이들에게 신뢰받는 기분이 어떨까. 옆에 서 있는 나도 이 정도인데. 저 자리에 서 있는 오빠는 어떨까. 문득 궁금할 정도였다.

한주혁이 한세아에게 귓말을 걸었다.

-퀘스트창 열어서 확인해 봐. 다른 조건이 더 있는지.

집에서 보던, 늘 반바지에 후줄근한 티셔츠 차림의 오빠와는 너무나 다른 모습에 잠시 충격 아닌 충격에 빠졌던 한세아는 문득 정신을 차렸다.

-어? 으, 응. 알겠어. 근데 오빠 좀 멋있다. 오빠 때문에 나 눈 너무 높아져서 남자 친구 못 만나는 거 아냐?

-넌 못생겨서 원래 못 만나.

-짜증 나.

한세아는 꿈에서 깨고 현실로 돌아왔다. 현실로 돌아온 한 세아는 퀘스트창을 활성화시켰다.

-퀘스트. '절대악의 본거지를 찾아라!'의 클리어 조건을 만족 하였습니다.

'클리어 조건을 만족?'

단순 클리어라는 얘기는 아니다. 조건만 만족한 상태니까. 뭔가가 더 있는 듯했다.

-단독 클리어로 인정됩니다.

-최종 클리어를 위하여 플레이어의 선택이 필요합니다.

성좌들은 모임을 가졌다. 모임을 주도한 이는 인형술사 Siri.

"다들 이번 퀘스트의 중요성에 대해서 알고 계실 겁니다."

다만 문제가 있다면.

"절대악의 친동생인 7번 성좌가…… 이 퀘스트를 독점할 가능성이 매우 높다는 것입니다."

그게 가장 문제였다. 이 퀘스트는 원래 7명의 성좌가 힘을 합쳐서 진행해야 하는 게 맞다. 대책을 논의해야 했다. 절대악 VS 7개의 성좌 시나리오는 현재 성좌들에게 절대적으로 불리하게 흘러가고 있는 상황.

"어떻게 해야 하죠?"

기천이 말했다. 태르민이 자리하고 있는 회의니까. 서로가 모두 존댓말을 사용했다.

"이 퀘스트는 7명의 성좌가 동시에 진행해야 하는 퀘스트입니다. 성좌 전체 알림으로 들려온 것이니 틀림없습니다."

Siri가 말했다.

"누군가 클리어한다면. 그것의 결과가 공유될 확률이 매우 높겠죠. 혹은 어떠한 단서만 주어진다 할지라도."

지금 이미 3번 성좌가 절대악에게 커다란 악영향을 끼치는 중이다.

푸르나의 중앙 제단과 비슷한 기운을 이미 느꼈고 그 기운에 시스템적 설정을 걸어놓았다. 내부의 기운을 뒤흔들어 스스로 무너지게 만들 수 있는 힘. 그게 그에게 있었으니까.

"3번 성좌의 능력과 단서를 조합하면 절대악의 본거지를 찾을 수도 있습니다. 그러면 제국에서도 보다 본격적으로 나서겠지요."

제국이 도와주면 일이 훨씬 쉬워진다. 눈엣가시인 절대악을 제거할 수 있을 거다. 올림푸스에서의 능력이 사라지면 현실에서도 죽여 버릴 거고.

Siri가 말을 이었다.

"아마 이 퀘스트는 금방 클리어될 것입니다. 7번 성좌. 그 계집은 누가 뭐라 해도 절대악의 친동생이니까요."

그렇다면 이것의 보상이나 결과가 공유되는지. 공유되지 않는지. 그것이 판도를 뒤바꿀 수 있을 것이다.

한주혁이 아직 파악하지 못한 성좌. 3번 성좌가 입을 열었다.

"아무래도 제가 간섭할 수 있을 거 같은데요."

7번 성좌는 지금이 기회랍시고 바로 클리어할 거다. 퀘스트 보상이 주어지겠지. 그 보상을 성좌끼리 공유하게 만들 수 있다. 7번 성좌의 신체에 영향을 끼쳐서 보상을 빼내고 또한 7번 성좌의 위치까지도 파악해낼 수 있다.

"특수강화된 레드 스톤 대여섯 개 정도만 있으면……. 할 수 있을 겁니다. 제가 그 간악한 년의 뒤통수를 거하게 후려치도록 하지요."

레드 스톤. 그런 것쯤은 문제가 안 된다. 얼마든지 지원이 가능하다. Siri가 고개를 끄덕였다. 그년 혼자서 보상을 독차지하게 둘 수는 없다. 안 그래도 너무 불리한 상황이다. 이대로 흘러가게 두면 안 된다.

태르민도 말했다.

"그대로 진행해도 좋다."

태르민의 허락도 떨어졌겠다. 그대로 진행하기로 했다. 성좌들은 올림푸스에 접속했다.

3번 성좌가 능력을 개방했다.

'느껴진다.'

푸르나의 중앙 제단과 비슷한 불꽃의 기운. 그 불꽃의 근처에 있는 익숙한 느낌. 성좌의 기운까지. 정확하게 어디인지는 구별할 수 없지만 느껴졌다. 그거면 충분했다.

'강제 보상 공유.'

같은 속성인 경우에 사용한 원거리 능력이다. 특히 '성좌'를 상대로 하는 경우 그 능력은 배가 된다. 그의 클래스명은 '신실한 처단자'. 특히 성좌 내에서 배신자가 생겼을 때에 큰 힘을 발휘하는 클래스이며 직접적인 무력은 약하지만 절대악에게 커다란 피해를 입힐 수 있는 비전투 클래스다.

같은 시각. 한세아는 퀘스트창을 확인하던 중이었다.

-단독 클리어로 인정됩니다.
-최종 클리어를 위하여 플레이어의 선택이 필요합니다.

그리고 그때. 한세아가 퀘스트창을 확인하고, 3번 성좌 '신실한 처단자'가 자신의 고유 능력과 권능을 개방했을 그 시점에. 한주혁이 제단에서의 변화를 발견했다.

'뭐지?'

제단에 대한 상세설명을 활성화시키자 새로운 알림이 들려왔다.

한주혁은 제단에서의 이상을 느꼈다. 제단의 불꽃이 더욱 세차게 타올랐다. 가라앉혀 놓은 진동이 다시 시작됐다.

-중앙 제단이 미지의 힘을 확인합니다.
-중앙 제단의 불꽃이 미지의 힘에 저항합니다.

진동이 시작됨과 동시에.

-진정 시간이 빠르게 감소합니다.
-16시간 03분 19초.
-16시간 00분 01초.
-15시간 53분 34초.

잔여시간이 급속도로 줄어들기 시작했다.

'이런 썅.'

순간 저도 모르게 욕할 뻔했다. 하지만 겉으로는 내색하지 않았다. 이곳에는 11장로와 1만 군중이 모여 있는 상태. 적어도 겉으로는 동요하면 안 되니까.

'미지의 힘에 저항이라.'

확실하지는 않지만 성좌의 힘이라 짐작되는 그 힘. 제단에서 피어오른 불꽃이 하늘 높이 솟구쳐 치솟아 올랐다가 한세아를 향해 떨어져 내렸다.

"꺅!"

한세아는 저도 모르게 비명을 질렀다.

'응?'

제단의 불꽃에 집어삼켜진 것같이 보였지만 그다지 큰 피해는 없었다.

-오빠. 이게 어떻게 된 거야?

-기다려 봐.

한주혁도 지금은 알 수 없었다.

'제단이…… 미지의 힘에 반응하긴 했는데.'

그 반응한 덕분에 잔여시간이 미친 듯이 줄어들고 있다. 실시간으로. 블랙 스톤을 투자해서 겨우 늘려놓은 시간이 말이다.

-블랙 스톤을 소모하여 불꽃 안정화가 가능합니다.

그리고 몇 가지 정보가 제단으로부터 전해졌다. 그 정보라는 것이 한주혁에게 유리하기도 하고 불리하기도 한 정보였다.

'내가 그 새끼는 반드시 씹어 먹는다.'

성좌의 능력이리라 짐작되는 이것. 이것은 한주혁을 굉장히 귀찮게 만들었다.

'블랙 스톤 여러 개를 한꺼번에 사용하면 시너지 효과가 난다고?'

더 정확히 말하자면 '몬스터 스톤'을 한꺼번에 사용하면 따로따로 사용하는 것보다 훨씬 큰 효과를 볼 수 있다는 얘기였다.

-오빠. 이거. 이 제단의 불꽃이 나를 보호하고 있는 것 같아.

-어떻게?

-정확하게는 모르겠는데……. 어떤 외부의 힘을 제단의 불꽃이 막아주고 있다고 했어. 뭔가 작용을 하고 있는데 시간이 지나봐야 확실히 알 것 같아.

한주혁은 거기서 감을 잡았다.

'중앙 제단의 불꽃이 타 성좌의 힘에 저항하고 있는 거네.'

불꽃의 힘이 성좌의 힘에 저항을 하는데, 그때 필요한 연료가 바로 몬스터 스톤이라는 얘기가 된다.

'이 속도로 보면…… 10분도 못 버텨.'

원래 24시간이었던 잔여시간이 급속도로 줄어들고 있는 상황. 한주혁은 이를 바드득 갈았다.

'그래. 네가 이기나 내가 이기나 해보자.'

한주혁은 그렇게 오래 갈등하지 않았다. 블랙 스톤? 까짓것 다시 얻으면 그만이다. 블랙 스톤의 '절대적 숫자' 자체는 그렇게 중요하지 않다. 지금 당장 블랙 스톤을 마구 팔아버릴 수도 있는 것도 아니니까.

다만 블랙 스톤을 많이 보유하고 있는 것처럼, 세상에 그렇게 보이면 되는 거다. 그러면 절대적인 영향력을 행할 수 있으니까.

-제단의 제물을 설정하시겠습니까?
-제단의 제물은 10개까지 설정할 수 있습니다.

몬스터 스톤만이 중앙 제단의 제물이 될 수 있다.
'가만.'
블랙 스톤 여러 개를 사용하면 시너지 효과를 낼 수 있다고 했다. 더 정확히 말하자면 '몬스터 스톤'을 사용해서 말이다.
'여기에 다른 몬스터 스톤들까지 적절히 배합하면.'
그러면 더 좋은 효과가 나지 않을까. 지금은 특수강화된 레드 스톤까지 가지고 있는 상황.
'그래. 이 힘과 내 힘이 싸우고 있다면.'
그렇다면 이판사판이다.

-한 번에 투여 가능한 몬스터 스톤의 숫자는 10개입니다.

그래서 9개의 블랙 스톤. 그리고 특수강화된 레드 스톤 1개를 투자하기로 했다. 투자하지 않으면 모를까. 일단 하기로 했으면 확실하게 하는 게 좋다.
'블랙 문 타이거 같은 놈 하나 더 잡으면 되지.'

오히려 블랙 문 타이거는 블랙 스톤을 너무 안 준 축에 속한다. 발록이나 이프리트 같은 놈만 나타나 줘도 블랙 스톤을 많이 얻을 수 있다.

한주혁이 세기의 보물. 블랙 스톤 9개를 한꺼번에 사용함과 동시에 한세아에게도 알림이 들려왔다.

-강력한 불꽃의 힘이 플레이어를 보호합니다.
-매우 강력하고 신비로운 힘이 확인되었습니다.
-특수한 힘이 확인되었습니다.

한주혁과 한세아에게 계속해서 알림이 이어졌다.

-중앙 제단의 불꽃이 매우 상서로운 권능을 일으킵니다.
-중앙 제단의 불꽃이 세차게 불타오르기 시작합니다.

검은색 불꽃이 타올랐다. 이 세상을 흑색으로 물들였다. 마치 이 세상을 흑백사진으로 바꿔버린 것처럼. 그러한 특수효과가 이 필드 전체를 집어삼켰다.

-중앙 제단의 불꽃이 외부의 불결한 기운에 저항합니다.
-중앙 제단의 불꽃이 외부의 불결한 기운을 불태우기 시작합니다.

한세아의 몸에서 하얀색 빛이 새어 나왔다. 마치 커다란 지렁이 여러 마리가 몸에서 빠져나오듯.

한주혁은 발견할 수 있었다.

'중앙 제단 내에서도 세아와 비슷한 형태의 기운이 불타고 있다.'

세기의 보물. 블랙 스톤 9개를 동시에 사용한 효과는 결코 적지 않았다.

-중앙 제단이 포용할 수 있는 기운의 최대치를 초과하는 강력한 기운을 감지하였습니다.

중앙 제단이 부르르 떨리기 시작했다. 아까와는 다른 느낌의 진동. 땅 전체가 울렸다. 검은색 먹구름이 몰려오고 검은색 번개가 내리쳤다. 절대악의 상징이나 다름없는 아수라파천무를 펼치고 있는 것만 같았다.

-24시간 내에 블랙 스톤 10개를 제물로 헌납하였습니다.
-축하합니다!
-히든 피스 한 조각을 완성하였습니다.

매우 강력한 기운이니 상서로운 기운이니.

'밑밥을 엄청 깔더니 결국은.'

히든 피스 만족이란다. 히든 피스를 만족하기는 했는데 마냥 기쁘지만은 않았다. 무려 블랙 스톤 10개와 레드 스톤 1개를 잡아먹은 히든 피스다.

이 정도면 히든 피스를 만족하라고 만들어 놓은 건지, 아니면 거지가 되라고 만들어 놓은 건지 모르겠다.

'돈 없으면 히든 피스 완성도 못 하겠네.'

반대로 말하면 한주혁은 돈과 능력이 있으니 히든 피스도 만족할 수 있다는 얘기다. 사실상 한주혁 외에 다른 사람이라면 그 누구도 불가능한 만족 조건이기도 했다.

'어쨌든.'

뭐가 어찌 됐든 히든 피스를 완성하기는 했다. 블랙 스톤을 하나씩 투여하는 게 아니라, 한꺼번에 여러 개를 사용하는 것. 정확하게 말하자면 24시간 내에 10개의 블랙 스톤.

-중앙 제단이 '신성한 중앙 제단'으로 진화합니다.

중앙 제단이 '신성한 중앙 제단'으로 진화함과 동시에, 제단의 높이가 높아지기 시작했다. 얼핏 보면 거대한 탑 같았다.

탑은 탑인데 가운데는 뚫려 있는 형태. 그 안으로부터 검은 불꽃이 하늘을 향해 치솟아 올랐다.

제1장로 룩소는 감탄을 내뱉었다.

"오오……! 주군이시여……!"

힐스테이 외곽 경비를 맡고 있는 경비대장들로부터 실시간으로 보고가 들려왔다.

-룩소 님. 필드가 확장되고 있습니다.

-룩소 님. 성벽의 재질이 변화하고 있습니다.

필드가 확장되었고 성벽이 높아졌다. 재질도 변화했다. 중앙 제단이 진화하면서 생긴 변화였다. 변화는 그것뿐만이 아니었다.

-'신성한 중앙 제단'의 발화를 확인합니다.

-히든 던전. '헌납하는 제단'이 활성화됩니다.

필드가 변화함과 동시에 히든 던전 하나가 활성화되었다. 힐스테이 내에서 생긴 최초의 던전이었다.

한주혁은 알림에 귀를 기울였다.

'제단이 진화했고 세아를 집어삼켰어.'

세아에게는 아무런 변화도 없다. 최소한 악영향은 없다. 그러나 아무런 영향도 끼치지 않는데 굳이 이러한 이펙트를 만들어내지는 않았을 거다. 분명 뭔가가 더 있다.

알림이 계속해서 이어졌다.

-신성한 중앙 제단의 강력한 힘이 외부의 기운을 몰아내는 데

성공하였습니다.

　-신성한 중앙 제단의 상서로운 불꽃이 외부의 기운에 반격을 가합니다.

　-신성한 중앙 제단의 신비로운 힘이 외부의 기운을 추적합니다.

　"컥!"

　3번 성좌. '신실한 처단자'는 입에서 피를 토했다. 가슴을 부여잡고 쓰러졌다. 이 자리에 한데 모여 있던 성좌들은 깜짝 놀랐다.

　Siri가 황급히 3번 성좌를 부축했다.

　"괜찮아?"

　이곳은 올림푸스 안이다. 그런데 피를 토했다. 굉장히 고통스러워하고 있었다.

　'이게 도대체 어떻게 된 거지?'

　단순히 H/P가 깎이는 게 아니라 피를 토하다니. 3번 성좌가 힘겹게 일어섰다.

　"반격이…… 있었습니다."

　반격의 방법까지는 알 수 없다. 어떻게 한 건지.

　"갑자기 엄청난 반탄력이 느껴졌습니다."

　3번 성좌의 H/P는 이제 겨우 10퍼센트가량 남았다. 하마터면 죽을 뻔했다. 마지막 순간에 권능을 거두지 않았다면 아마 자신은 죽었을 것이다.

태르민이 무겁게 입을 열었다.

"절대악이 또다시 새로운 힘에 눈을 뜬 것 같군."

아마도 그런 것 같다. 여태까지 반격 하나 못하던 절대악이 갑자기 공간을 뛰어넘어 3번 성좌를 공격했으니까.

채순덕이 주먹을 불끈 쥐었다.

'그 괴물 같은 새끼가 또……'

3번 성좌의 능력과 권능이 대단히 뛰어난 것이 틀림없는데. 절대악 이 개 같은 놈이 또 어찌어찌 반격방법을 알아낸 것 같다.

태르민이 물었다.

"강제 보상 공유는 어떻게 됐지?"

보상 공유까지도 필요 없다. 7번 성좌가 스파이가 되어, 절대악의 본거지만 알아내 주면 된다. 시야만 공유해 주면 된다.

그러면 에르페스 제국을 움직일 수 있다. 에르페스 제국이 움직이면, 그러면 절대악도 어쩔 수 없다. 절대악이 아무리 강력해도 설정상 플레이어는 NPC에게 이길 수 없게 되어 있으니까. 적어도 성좌들은 그렇게 판단하고 있으니까.

"……실패입니다."

보상 공유는 실패했다.

"기운이 느껴지는 곳 역시 찾아내지 못했습니다."

그곳이 어디인지 알아내려다 죽을 뻔했다. 또다시 시도했다가는 진짜로 죽을 거다.

"……죄송합니다."

"다른 방법을 찾아야겠군."

성좌들은 자리에 앉았다. 분했다. 도대체 뭘 어떻게 한 건지 모르겠다.

태르민이 창밖을 쳐다봤다.

'대단한 놈임에는 틀림없군.'

직접 제대로 부딪쳐 본 적은 한 번도 없지만 그는 절대악을 인정할 수밖에 없었다. 아니, 여태까지도 이미 인정해 왔기에 직접 전투는 꺼려왔던 것일지도 모른다.

'하지만…….'

네놈이 아무리 대단하다 할지라도.

'우리 태르민 일가의 저력 역시 만만치 않을 터. 언제가 됐든. 한 번 제대로 붙어보자꾸나.'

한세아는 자신의 귀를 의심했다.

-오빠. 나. 히든 피스를 만족했대.

-히든 피스?

중앙 제단을 진화시킨 것 말고. 뭔가가 더 있는 듯했다.

-나 전직이 가능한 것 같아.

중앙 제단의 불꽃이 한세아를 보호했다. 다시 말하자면 절대악을 상징하는 불꽃이 절대악을 대적하는 성좌를 보호한 거다. 외부의 어떠한 힘을 끊어내고 반격까지 가했다. 그것이 하나의 히든 피스였다.

-순백의 마도사에서 잿빛의 마도사로 전직이 가능해.

-어떤 게 좋은데?

-순백의 마도사는 절대악에게 큰 힘을 발휘하는 마법사야. 일단 설정상. 오빠가 너무 세서 별로 의미 없지만.

상성상 순백의 마도사는 절대악에게 유리한 마법을 펼친다. 그런데 사실 한세아에게 그런 건 별로 의미가 없다. 어차피 오빠랑 싸울 생각도 안 한다. 싸워봤자 어차피 진다.

-반대로 잿빛의 마도사는…… 성좌들에게 카운터를 먹일 수 있는 것 같아. 대신 악, 마 속성에 대한 상성 우위는 조금 사라지는 것 같고.

히든 피스를 만족시켰다. 전직의 메리트가 그것뿐일 리는 없었다. 한주혁이 말했다.

-계속 말해봐.

-악, 마 속성에 대한 상성 우위는 조금 없어진 대신에 악, 마 속성에 대한 델리트 권능이 막강해진 것 같아.

-말하자면 이도 저도 아닌 애매한 클래스네.

악, 마 속성에 강력한 힘을 발휘하지는 않지만 델리트를 시킬 수 있는 클래스. 반대로 성좌들에게는 강력한 힘을 발휘하지만 그들을 델리트시킬 수는 없는 클래스.

'그래서 잿빛의 마도사인가.'

혹도 아니고 백도 아닌 그 중간 즈음의 애매한 마도사.

'하지만……'

한주혁에게는 큰 도움이 될 것이 틀림없었다.

-성좌의 직위는 그대로 인정되는 거지?

-응. 성좌는 성좌야.

한주혁이 씨익 웃었다. 블랙 스톤을 10개나 써버리는 낭비 아닌 낭비를 하기는 했지만 그에 따라 커다란 이득도 얻을 수 있었다. 그의 머릿속에 한 가지 아이템이 머리를 스치고 지나갔다.

'좋네.'

동생의 능력을 극대화시켜 사용할 수 있을 것이다.

'차라리 잘됐어.'

앞으로의 그림이 머릿속에 그려졌다. 머릿속으로 단기간의 미래 계획을 그리고 있는 와중에, 한세아의 귓말이 이어졌다.

-근데 오빠. 진짜 대박인 건 또 따로 있어. 이게 진짜 대박이야.

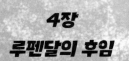

4장
루펜달의 후임

한주혁이 물었다.

-뭔데?

뭐가 그렇게 대박이길래 한세아가 귓말로 이렇게 호들갑을 떠는지 모르겠다. 세아도 자신에게 많이 익숙해져 있어서 어지간한 히든 피스나 보상에는 그다지 '대박'이라는 표현을 하지 않을 텐데.

-말해줄게.

혼자서 '두그. 두그. 두그. 두그'라고, 굳이 필요 없는 효과음을 또 굳이 귓말을 사용해서 말하며 뜸을 들인 한세아가 입을 열었다.

-나한테 성좌 수여권이 주어졌어. 대박이지?

-음?

-오빠 덕분이야. 진짜 루펜달 아저씨 말이 맞는 거 같아. 오
빠 옆에 있으면 자다가도 떡이 생겨.

루펜달의 마음을 아주 잘 이해하고 있는 중이다. '이오빠가
내오빠다'로 활동하다 보니 더욱 그랬다.

한주혁이 고개를 갸웃했다.

-성좌를 네가 수여할 수 있다고?

-응응. 말하자면 내가 임명하는 거야. 성좌를!

-1번 성좌 말하는 거지?

-응. 1번 성좌. 이걸 내가 원하는 사람한테 줄 수 있어. 일단
기본적으로 중복 클래스는 안 되나 봐. 뭔가 특별하게 중복
클래스가 가능한 클래스라면 몰라도. 중복 클래스는 그렇고.
시스템적으로 특별히 제한이 걸려 있는 상황이 아닌 경우 무
조건 전직이 가능한가 봐.

-클래스는?

원래 유리아의 클래스는 '천수의 처형자'였다. 그것이 '1번 성
좌'에 해당하는 절대적인 클래스라고 보기에는 어려웠다.

'원래 1번 성좌 클래스가 홍염의 검투사였지.'

지금은 이제 없지만 강무석이 원래 1번 성좌였었다. 그때는
홍염의 검투사. 그 이후 그 자리를 꿰찬 사람이 유리아. 유리
아가 바로 천수의 처형자.

-클래스는 세 가지 중 한 가지를 선택할 수 있어.

-세 가지?

-자세한 건 있다가 얘기해 줄게. 일단 오빠 손 좀 흔들어주고 그래야 할 것 같은데.

한주혁이 주위를 둘러봤다. 만세 소리가 하늘을 뚫을 것 같았다. 업그레이드된 제단. '신성한 중앙 제단'의 불꽃보다도 더욱 높은 함성이 힐스테이를 가득 채웠다.

-힐스테이 주민들이 충성심 가득한 포효를 내지릅니다.
-충성심이 대폭 향상됩니다.
-충성심이 대폭 향상됨에 따라 카리스마 수치가 대폭 상승합니다.

한주혁이 오른손을 들어 올렸다. 그러자 주민들은 감동의 눈물을 터뜨렸다. 성별과 연령을 불문하고서. 절대자를 향한 경탄의 눈물을 흩뿌리며 만세를 외쳤다.

'카리스마 수치가 계속 올라가면……'

비활성 스탯인 카리스마 수치. 이것이 일정수치 이상 넘어가면 뭔가가 더 생길 것 같다는 생각을 한번 해봤다.

'아직은 아니지만.'

정말 잘 어울리는 비활성 스탯 아닌가. 절대악은 시스템상 곧 기득권에 대한 반항세력인데, 대군주의 형태를 띠고 있다. 반항세력이면서 대군주로서의 입지를 다지고 있는데 비활성 스탯이 '카리스마'다. 이 카리스마가 분명 어떠한 영향을 끼칠 것이라는 확신이 강하게 들었다.

-신성한 중앙 제단의 신비로운 불꽃이 신성한 중앙 제단을 보호합니다.
-신성한 중앙 제단이 신급 이하의 모든 외적 힘에 대하여 완벽하게 저항합니다.
-신비로운 불꽃의 저항 유효기간은 30일입니다.

다시 말해 성좌고 나발이고 최소 30일 동안은 제단을 어떻게 할 수 없다는 얘기다. 블랙 스톤을 하나하나 소모했을 때에는 9일을 버틸 수 있는데, 한꺼번에 9개를 투하하고 나니 30일을 버틸 수 있게 되었다. 물론 제단 자체의 저항력도 높아졌을 거고.

베르디가 몸을 배배 꼬았다. 그녀의 얼굴은 잔뜩 붉어져 있었다.

"저희 주군께서는 어찌도 저리 늠름하실까요? 저 품에 쏙 안길 수만 있다면 베르디는 세상을 다 가진 느낌일 것이어요."

그러고서는 절레절레 고개를 저었다.

"베르디는 상식이 있는 착한 장로여요."

주군께는 주군께 어울리는 짝이 있다. 앱솔루트 네크로맨서라는, 사실 베르디가 보기에 그렇게 강해 보이지는 않지만 그게 뭐가 중요하랴. 베르디가 보기에 주군의 여자로서 충분히 아름다운 여자였다.

"강한 건 우리 장로들이 맡으면 되니까 말이어요."

한숨을 푹 내쉬었다.

"베르디는 장로니까 장로의 역할에 충실하겠사와요."

연모의 눈빛을 보내기는 보내되, 그냥 딱 거기까지만이었다. 베르디는 실제로 한주혁과 어떻게 잘해보고 싶다는 생각까지는 안 했다. 이것은 단순히 사랑의 감정이라기보다는 절대자에 대한 동경과 경외 등이 적절히 혼합되어 있는 복잡한 감정이었다.

베르디가 활짝 웃었다.

"주군을 옆에서 보필할 수 있다는 것만으로도 베르디는 너무나 행복하답니다!"

천세송과 한세아는 즐겨가는 커피숍에 자리를 잡았다. 한세아가 커피 한 모금을 마시고서 재미있다는 듯 물었다.

"요즘에 그 이상한 남자 안 보이네."

슈퍼카인지 뭔지. 하여튼 비싸 보이는 차를 가지고 천세송에게 들이대던 남자가 요즘 보이지 않는다. 이름이 뭐더라. 명함도 준 거 같긴 한데 잘 기억은 안 났다.

한세아가 고개를 절레절레 저었다.

"너 남친이 누군지 알면 까무러칠 텐데."

천하의 절대악이 남자 친구라는 사실을, 그 사람은 영원히 몰라야 할 거다. 세상에는 모르는 게 나은 진실도 있는 법이니까.

둘은 도란도란 이야기꽃을 피웠다. 정말 이상하게도 그녀들이 앉은 주변부터 시작하여 남자들이 자리를 채웠다.

그 둘을 힐끗 쳐다본 점주가 아르바이트생에게 귓속말로 말했다.

"특별히 잘 신경 써서 드려. 서비스도 좀 잘 챙겨드리고."

저 두 명이 이곳의 단골로 온 이후. 남자 손님들이 부쩍 늘었다. 매출이 엄청나게 뛰었다. 확실했다. 아르바이트생도 두 여자를 쳐다봤다.

"네. 잘 챙겨드릴게요."

안 그래도 그러고 싶다. 그녀도 예쁜 여자 좋아한다. 레즈비언은 아니지만, 그래도 예쁜 여자 보는 걸 좋아한다. 오늘은 어떤 옷을 입었을까. 어떻게 코디했을까. 화장은 어떻게 했지? 와. 정말 예쁘다. 눈이 호강하네. 이런 느낌이다.

'나도 저렇게 예쁘고 싶다.'

남자들은 물론이고 여자들의 시선까지도 완전히 사로잡는 저 두 여자. 정체가 도대체 뭘까 싶을 정도다. 이름이 알려지지 않은 연예인이라든가. 그런 게 아닐까, 그런 생각을 해봤다.

당사자인 천세송과 한세아는 이미 이런 시선이 너무 익숙해서 그다지 신경 쓰지도 않았다. 애초에 인지를 못했다. 그녀들에게는 너무나 익숙한 상황이고 일상이었으니까.

천세송이 목소리를 한껏 낮췄다.

"언니. 그런데 1번 성좌는 누구한테 줄 거야?"

"글쎄. 오빠랑 상의를 좀 해봐야 할 거 같아. 오빠 덕분에 얻은 힘이기도 하고. 아무래도 나보단 오빠가 훨씬 잘 알 테니까 같이 얘기해 봐야지."

한세아는 요즘 나름 고민에 빠졌다. 옆에서 자꾸만 보는 사람이 오빠다. 자꾸 옆에서 보는 사람이 세상을 상식을 깨부수는 미친 인간이다 보니, 자꾸만 눈이 높아진다. 이러면 안 되는데. 저런 사람 세상에 별로 없는데. 우리 오빠가 특출한 건데.

이렇게 생각은 하는데도, 이성으로 자꾸만 올라가는 기준을 꽉 잡고 있는데도. 그게 생각처럼 쉽지가 않다.

천세송도 그 사실을 알고 있다. 한세아가 무슨 생각을 하고 있는지 알고 있는지라 가볍게 웃고 말았다.

"언니도 참."

"나 고민하는 거 티 났어?"

"응. 엄청 티 났어."

"아. 이게 지나치게 잘난 오빠를 둔 여동생의 고민이라니까. 이래서 나 연애나 할 수 있을까 싶네. 나도 알콩달콩 연애하고 싶은데."

의식적으로 눈높이를 낮추려고 노력하고 있다. 오빠를 기준으로 하면 안 된다. 오빠 같은 남자. 이 세상에 없다. 머릿속으로는 그걸 잘 안다.

"뭐. 남자가 오빠만큼 잘나지 않았으면 내가 잘나면 되지."

사실 한세아도 한주혁 때문에 티가 나지 않아서 그렇지, 한국에서 첫손에 꼽는 플레이어다. 예전 기준으로 치면 '신귀족' 중에서도 가히 로열 귀족에 들어갈 수 있을 정도의 수준.

"그냥 오빠처럼 크게 욕심 안 부리고. 자기 위치에 맞게 잘 행동하는 그런 남자면 좋겠다."

먹여 살리는 건 내가 먹여 살릴 수 있는데. 그래도 되는데. 한세아가 한숨을 살짝 내쉬었다.

"근데 그런 남자 별로 없겠지?"

"음."

천세송은 자기 남자 친구라 말을 제대로 못했다. 자랑하고 싶지만 자랑하면 안 될 것 같은 그런 느낌이랄까.

'하긴……'

천세송이 보는 한주혁도 한세아가 보는 한주혁과 비슷했다. 예전에 이 커피숍에서 집적대던 남자도 마찬가지 아니었던가. 돈 좀 벌었다고 슈퍼카를 들먹이며 '내가 이렇게 잘난 남자다!'를 온몸으로 주장하고 있었다. 다른 말로 허세가 가득했다.

한세아가 중얼거렸다.

"돈 얼마 버는지는 상관없고. 진짜 그냥 자기 위치에서 최선 다하면서 허세 부리지 않는 남자면 되는데."

굳이 강조했다.

"우리 오빠처럼."

어쨌든 커피숍에서 한참 동안 시간을 보낸 둘은 다시금 올림푸스에 접속했다. 올림푸스에 접속했을 때. 한세아는 의외의 상황과 마주할 수 있었다.

"오빠. 진짜로?"

한 시간 전. 한주혁이 루펜달을 불렀다.

"예, 형님. 루펜달. 여기 대령했습니다. 형님."

자꾸만 굳이 '형님'을 강조하는 것이 정말 쓸데없다 생각하면서도 한주혁은 굳이 그것을 짚지는 않았다. 그냥 그런가 보다 했다.

"너한테 한 가지 제안을 하려고 하는데."

"받아들이겠습니다. 형님!"

아니. 뭔지 좀 일단. 들어보고 결정을 해야 할 거 아냐? 그 말을 하지도 않았는데 루펜달이 크게 외쳤다.

"형님께서 주시는 그 제안이 제게 얼마나 달콤할지. 저는 벌써부터 군침이 돌고 있습니다."

"내가 뭘 제안할지 어떻게 알고?"

"분명 제게 유리하고 행복하며 위대하기까지 한 아름다운 제안일 것입니다! 형님! 형렐루야, 형멘!"

한주혁은 관자놀이를 꾹꾹 눌렀다. 아. 이거 좋아해야 하는 거 같은데. 저렇게 맹목적인 믿음과 신뢰를 보여주는 게 고맙기는 한데.

이거 좋은 거 맞지?

'오죽하면 룩소가 장로들한테 루펜달을 본받으라고 할까.'

어쨌든 설명을 하지 않을 수는 없다. 성좌에 관한 얘기를 해 줬다.

"물론입니다, 형님. 형님께서 시키는 일이라면 그것이 무엇이든지 할 준비가 되어 있습니다. 제가 바로!"

아주 자랑스럽게 외쳤다.

"대연합 형렐루야의 연합장 루펜달입니다, 형님! 형렐루야, 형멘!"

그러고서 조심스레 말을 이었다.

"하지만 매지컬 콜렉터로서의 역할도 굉장히 중요합니다. 겨우 아이템 따위를 줍느라 형님께서 허리를 숙이는 수고를 할 수는 없지 않습니까! 그것은 저 같은 허접한 플레이어나 하는 것입니다. 형님께서 허리를 숙일 수는 없는 법입니다!"

그리하여 루펜달이 묘책을 냈다.

"아시다시피 매지컬 콜렉터는 공개되어 있는 클래스입니다. 이 위대한 클래스의 가치를 알아보지 못한 우매한 중생들은 이 클래스를 선택하지 않습니다! 하나! 이 일에 굉장히 적합한 적임자까지 제가 미리 찾아놓았습니다. 형님께 만에 하나라도 악영향이 가게 하지 않기 위하여! 충성 서약까지 받아놓겠습니다."

루펜달이 두 팔을 번쩍 들어 올렸다.

"절대악의 영광이 세세 무궁토록 영원하여라! 형렐루야! 형멘!"

시르티안은 그러한 루펜달은 아주 흐뭇한 눈으로 쳐다봤다. 아주 흡족해했다. 한주혁은 말하고 싶었다. 아니. 이런 걸로 그렇게 흐뭇하게 쳐다보지 마라. 왠지 이거, 힐스테이 주민들한테도 전파할 거 같은 불길한 기분이 든다.

하지 말라고 단단히 얘기해 놔야지.

"그래서. 성좌는 네가 한다 치고."

성좌 클래스는 세 개 중 하나를 선택할 수 있다. 그건 그렇다 치고. 후임 매지컬 콜렉터를 누구로 할지 적임자를 이미 찾아놓았다고 했는데.

"네 후임이 누군데?"

"형님도 이미 이름은 들어보셨을 것입니다. 제가 물밑에서 이미 다 작업해 놨습니다. 형님 승인만 떨어지면 됩니다! 형님을 실망시키지는 않을 것입니다!"

루펜달은 자신 있게 말했다.

"그는 바로……."

루펜달은 두 명 사이에서 진지한 고민을 했다.

형님께서 자신에게 성좌의 자리를 내리는 것은 영광이다.

성좌가 아니라 그 어떤 쓰레기라도 받아들일 자세가 되어 있다. 그런데 심지어 성좌라니. 이 어찌 영광이 아닐 수 있으랴.

"누나. 무슨 고민을 그렇게 해?"

"고민하는 거 티 났어?"

루펜달의 동생은 루펜달을 위아래로 훑어봤다.

"그 특유의 누나 느낌이 있어. 고민 많을 때에는 꼭 그렇게 미친 듯이 짧은 반바지에 탱크탑 입고 거실 돌아다니더라."

"내가 그랬어?"

사실 표현이 좋아 '미친 듯이 짧은 반바지'에 '탱크탑'이지만 사실 거의 속옷만 입고 돌아다니는 것에 가까웠다. 동생인 그는 이런 모습을 가끔 봐왔다.

누나에게 깊은 고민이 있을 때에 누나는 이런 모습을 보인다.

정말 안타까운 건 고민의 깊이가 깊을수록 점점 더 속옷에 가까워진다는 것. 그리고 그 고민의 깊이가 더더욱 깊어지면 거의 알몸으로 돌아다닌다는 것.

동생 된 입장에서 그것은 매우 안타까웠다.

"그래서 시집은 어떻게 가겠어?"

순순히 동생 입장에서 그랬다. 만약 루펜달의 남편 될 사람이 있다면, 아마 더 좋아할지도 모를 일이지만.

"누나는 이미 시집가는 걸 포기했어."

"누나가?"

누나가 포기해? 그러면 이 세상 여자의 99퍼센트는 결혼 포기해야 되는데.

"왜?"

이해할 수 없었다.

친동생인 자신이 보기에도 누나는 예뻤다. 그냥 예쁜 정도가 아니라 아름다웠다. 동생 디버프가 걸려 있음에도 불구하고, 그는 자신의 누나가 정말 예쁘다는 것을 인정하고 있는 상태.

"누나. 친동생이 예쁘다고 인정할 정도면 진짜 넘사벽으로 예쁜 거야. 알지?"

"세상에 예쁜 여자가 얼마나 많은데."

루펜달이 매일 보는 사람이 한세아와 천세송이다. 심지어 올림푸스 보정으로 현실보다 좀 더 예쁘다.

루펜달은 그녀들이 자신보다 예쁘다고 내심 생각하는 중이다.

"내가 장담하는데 누나보다 예쁜 사람은 이 세상에 별로 없어. 친동생이 보증하는 거면 진짜 쩌는 거지."

"하여튼 난 시집 못 가."

"왜?"

"눈이 너무 높아져 버렸어."

"응?"

"내 옆에 누가 있는지 생각해 봐."

"……."

옆에 누가 있더라.

"절대악…… 앱솔루트 네크로맨서…… 7번 성좌…… LZ연합 구본부 연합장…… 워프 마스터 이주랑…… 왕자 란돌……."

그러고 보니.

'난다 긴다 하는 사람들 다 모여 있네.'

적어도 한국을 쥐락펴락할 수 있는 사람들이 다 모여 있다.

"본의 아니게 너무 눈이 높아져 버렸어. 나는 그냥 혼자 사는 게 나을 거 같아."

특히 절대악. 이 세상 어딜 가서 또 그런 남자를 찾는단 말인가. 20대 중후반의 나이에 저런 성공을 거두고 세계적 영웅으로 칭송받는 남자.

저런 남자는 찾기가 거의 불가능하다. 절대악의 반의반의 반만 따라가면 좋겠는데 그것조차도 힘든 상황이다.

"별로 연애나 결혼이 목마른 것도 아니고."

지금 그런 게 중요한 게 아니다. 자신의 후임자를 찾아야 했다. 그 적임자로 동생이 있었는데 아무래도 안 되겠다.

"너 스탯 어떻게 찍었지? 레벨은?"

"스탯은 힘 위주고 레벨은 30 돌파했다고 전에 얘기했잖아."

조금 부끄러워졌다.

이제 누나를 먹여 살릴 수 있다고 호언장담했었는데, 누나가 사실은 절대악의 최측근이었다니.

처치 곤란했던 천수의 지팡이마저도 쉽사리 처리할 수 있을 정도의 능력을 가진 사람이었다니. 좋으면서도 신기한 그런 느낌이었다.

"알겠어."

"왜?"

"그냥 궁금해서 물어봤어."

그날 저녁. 동생은 볼 수 있었다.

"누나! 제발! 옷 좀 입어!"

누나가 예쁜 것과는 별개로 이건 좀 많이 별로다. 그는 친누나의 맨살을 많이 보는 것에 취미가 별로 없다.

'어우씨.'

다른 남매들처럼 '어우 더러워. 테러다, 테러' 수준의 감정은 아니었지만 그는 일단 방문을 닫았다.

'뭔 고민을 저렇게 하는 거야?'

모르겠다. 그는 언제나 그랬듯. 올림푸스 매니아에 들어갔다. 거기서 재미있는 동영상을 발견했다.

충성충성충성. 이른바 '3충성' 혹은 '자낳괴' 혹은 '자해성애자' 혹은 '인터넷 논객'. 그는 새로운 세계에 눈을 뜰 수 있었다.

-고통찔레꽃에 대한 면역성이 부여됩니다.

-체내의 고통찔레꽃의 힘이 신체를 변화시킵니다.

3충성은 약간 치욕적인 알림도 들을 수 있었다.

-고통찔레꽃의 성분이 온몸에 골고루 퍼져 있는 상태입니다.

순간적으로 3충성은 자신의 몸 상태를 느낄 수 있었다. 머릿속으로 저절로 그려졌다. 고통찔레꽃의 기운이 붉은색으로 표시되었는데 온몸에 그 기운이 퍼져 있었다.

-특수 스팟 1곳 이상의 강렬한 기운을 확인합니다.

물론 그 붉은색 기운이 몰려 있는 곳은 다름 아닌 항문. 저번에 내기에서 져서 항문에 붙이지 않았던가. 그때는 진짜 죽는 줄 알았다.

-충성충성충성 님의 클래스에 상향 보정이 주어집니다.
-충성충성충성 님의 모든 클래스에 적용되는 상향 보정입니다.

그게 무엇인고 하니.
'인내의?'
클래스 앞에 '인내의'라는 수식어가 붙는다는 거다.
그렇게 엄청난 것은 아니었다. 일단 기본적인 개념은 '무엇인가를 참는 것'에 대한 속성이 부가된 것이다.

'무거운 걸 더 잘 들 수 있어?'

그러한 개념으로 인벤토리가 확장되었다.

'고통이 둔감해져?'

그러한 개념으로 체력이 향상되었다. H/P가 늘어나는 등의 기적적인 효과는 없었지만.

'반복 행위를 오랫동안 지속할 수 있어?'

이러한 효과가 있었다.

'M/P가 떨어져도……'

정신력으로 M/P를 대체할 수 있는데, 거기에는 막대한 고통이 뒤따른다고 했다. 다만, '인내의' 부가속성 덕분에 그 고통을 크게 느끼지 않는다는 것.

'쉽게 말해 M/P가 증가된 거나 다름없네.'

나쁜 건 아닌 것 같다. 그런데 또 좋다고 말하기도 애매모호했다. 이 효과가 전부인지는 모르겠다만 일단 눈에 띄는 것은 이 정도였다.

그리고 루펜달에게 제의가 왔다.

-매지컬 콜렉터 후임자로서 너를 선택함.

3층성은 매지컬 콜렉터가 이미 쓰레기 클래스임을 잘 알고 있다. 절대악쯤 되는 사기급 클래스가 옆에 있지 않다면, 그냥 쓰레기다. 할 줄 아는 거라곤 아이템을 줍는 것밖에 없다. 좀 효율적으로 줍는다. 혼자서는 아무것도 못한다.

-거절한다.

-연봉 1억을 제시한다. 추가 인센티브는 말 안 해도 알겠지?

루펜달이 화려한 인벤토리를 선보였다. 대표적으로 레전드급 로브. 몇 개의 레드 스톤. 그리고 잡다한, 수많은 아이템들.

-이것만 팔아도 평생 떵떵거리면서 살 수 있을 것이다. 자냥괴 3충성이여. 나와 함께 새로운 세상을 개척해 보지 않겠는가!

⌁

3충성의 별명 중 하나는 '자본주의가 낳은 괴물'. 즉 '자냥괴'다. 그를 자냥괴로 만든 대표적인 인물이 '곳간 풍족자 열비람'.

열비람은 차를 마셨다.

'일이 그렇게 되었단 말이지.'

일이 재미있게 됐다. 3충성을 이제 절대악 옆에서 볼 수 있을 것 같다.

열비람이 말했다.

"충성서약서까지 썼다면 믿을 수 있겠군요."

"네. 게다가 최근에 특별한 칭호를 얻었는데 매지컬 콜렉터와의 상성이 아주 좋다고 하네요."

"역시 절대악에게는 인복이 많이 따르는 것 같습니다."

한주혁이 고개를 끄덕였다.

"아주 중요하거나 기밀을 요하는 일에는 함께하지 못하겠지만……."

그 정도로 3충성에 대한 신뢰가 두터운 상황은 아니다.

"그렇지만 꽤 큰 도움이 되겠죠. 매지컬 콜렉터라는 클래스가 본디 그런 클래스이니."

"그런데 란돌. 당신은 언제까지 이곳에 있을 예정이죠?"

"저는 이곳에 계속 있을 겁니다."

"왕자인데 이렇게 나라를 오래 비워도 돼요?"

"새로운 역사가 만들어지고 있는 현장을 제 눈으로 직접 봐야 합니다. 그것이 나의 소양이 되고 시야를 높여줄 것입니다."

란돌. 그러니까 곳간 풍족자 열비람이 씨익 웃었다.

'재미있는 일이 하나 더 생기겠어.'

연봉 1억을 제시했단다. 이건 한주혁이 주는 게 아니라 루펜달 개인이 주는 거란다. 참 재미있게 됐다.

'연봉 1억이라는 안정적인 수입처가 생겼으니.'

여태까지처럼 그냥 300만 원, 1,000만 원. 이 정도 수준으로는 안 될 것 같다.

'스케일을 더욱 늘려도 되겠어.'

속으로 대화를 걸었다.

'새로운 세계를 함께 거닐어보자꾸나. 3충성이여.'

한주혁의 동생 한세아가 '이오빠가내오빠다'로 새로운 취미 생활을 개척했다면, 파이라 대륙의 대부호 란돌 왕자 역시 '곳간 풍족자 열비람'으로 새로운 취미를 만들었다.

'앞으로 더 재미있게 되겠어.'

한주혁은 천세송의 머리를 쓰다듬었다. 천세송의 머리에서는 좋은 향기가 났다. 한주혁은 저도 모르게 천세송의 머리에 코를 박고 킁킁대며 냄새를 맡았다.

"오빠!"

천세송이 기겁하며 뒤로 물러섰다. 어떡하지. 나 오늘 머리 제대로 감은 거 맞지? 혹시 이상한 냄새 나면 어떡하지?

"왜? 냄새 짱 좋은데."

천세송은 순간 가슴을 쓸어내렸다.

"그래도 혹시 모르잖아요."

아까 혹시 내가 땀을 흘렸나. 아니겠지? 진짜 냄새 괜찮겠지? 괜찮을 거야. 한주혁이 팔을 뻗었다. 천세송의 어깨를 감싸 안았다.

천세송이 기분 좋아진 듯 말했다.

"3충성 씨 더 유명해졌어요. 루펜달 아저씨의 후임이 되었다면서요?"

"응. 눈치도 빠르고 매지컬 콜렉터랑 궁합도 좋고."

둘은 도란도란 이야기꽃을 피웠다. 세계의 상식을 파괴하는 상식 브레이커. 세계의 영웅 절대악이지만 천세송 옆에 있으면 그저 평범한 남자 친구다.

평범한 대다수의 연인이 그러하듯 둘은 이야기꽃을 피웠다.

한주혁이 말했다.

"이따 던전공략 들어갈 건데……."

"알아요. 저랑 같이 가기는 힘들잖아요. 저는 제 나름대로 할 일 하고 있을게요."

헌납하는 제단. 힐스테이 내에 새로 생긴 히든 던전이다.

"오빠 뭔가 감 잡은 거 같은 느낌인데……."

"응. 내 생각대로만 된다면 물살 좀 탈 수 있을 거 같아."

"물살이요?"

"응."

아직 확실하지는 않다. 부딪쳐봐야 안다.

"내 본거지에 생긴 최초의 던전이잖아?"

"맞아요."

천세송은 마음대로 활보하기가 좀 애매하다. 아무래도 절대 악의 본거지이고, 그곳의 NPC들은 타인이 들어오는 것에 대해 거부감을 많이 갖는 편이다. 들어가고자 한다면 들어갈 수 있겠지만 굳이 그럴 필요는 없었다.

"내 본 속성과 관련한 던전일 확률이 높은 거지."

"악이나 마 속성이요?"

"응."

그러면 이제 그림이 그려진다.

"이번 신성한 중앙 제단 사건으로 세아도 잿빛 마도사로 전직했고…… NPC들로부터의 신망도 얻었어."

누가 뭐래도 중앙 제단의 불꽃을 뒤집어쓴 사람 아닌가. 그것이 NPC들의 마음을 움직였다.

중앙 제단의 불꽃이 선택한 사람. 비록 성좌면 어떠하단 말인가. 그 성좌가 심지어 절대악의 가족이라면 더더욱 상관이 없다.

한주혁이 씨익 웃었다.

"잿빛 마도사가 좀 애매하긴 하거든."

완전히 절대악 편도 아니고 또 그렇다고 완전히 성좌편도 아니고 그 중간 즈음의 애매한 클래스.

"근데 애매한 만큼. 나한테도 도움을 받을 수 있다는 거야."

예를 들면 '악의 독려' 같은 버프 스킬 말이다. 천세송이 눈을 반짝반짝 빛냈다.

"아……!"

사실 대충 아는 얘기다. 그렇지만 오빠의 입에서 나오는 얘기다. 그녀는 정말로 재미있다 생각하며 들었다.

흥미진진했다. 한세아가 만약 둘의 상황을 안다면 '어휴. 뭘들 재미없겠어. 다 재미있겠지'라고 핀잔을 놓았을지도 모를 일이다.

"그러면 오빠가 그리는 그림에……. 달빛 하모니카가 이어지겠네요."

절대악의 능력과 잿빛 마도사의 능력이 합쳐진다. 그것도 절대악의 본거지라 할 수 있는 힐스테이 내에 생긴 던전에서.

절대악은 악, 마 속성에 대한 절대적 우위를 가지는 클래스. 잿빛 마도사는 악, 마 속성에 대한 델리트를 진행할 수 있는 클래스.

"그렇지."

천세송이 눈을 반짝반짝 빛냈다.

"그 두 클래스가 시너지 효과를 발휘하면…… 또 다른 히든 던전을 오픈할 수 있는 거네요! 달빛 하모니카를 활성화시키려면 악, 마 속성 1,000개체를 델리트시켜야 하니까요!"

"그렇지. 우리 세송이 똑똑하네."

한주혁이 천세송의 머리를 슥슥 쓰다듬었다. 사실 이 정도 설명하면 누구나가 다 알아들을 수 있을 법했지만 하여튼 한주혁의 눈으로 본 천세송은 똑똑하고 귀여웠다.

그리고 천세송의 눈으로 본 한주혁은 더없이 믿음직스러웠다. 뭐랄까. 철저한 계획을 가지고서 올림푸스를 공략해 나가는 것 같다고나 할까.

'역시 멋있어!'

내가 남자 친구 하나는 정말 잘 고른 거 같다.

'남자 친구 말고 남편이면 더 좋을 텐데.'

천세송이 그러한 생각을 하면서 남몰래 볼을 붉혔다.

그로부터 1시간 뒤. 한주혁과 한세아는 히든 던전. '헌납하는 제단' 앞에 섰다.

"그럼 들어가 볼까?"

힐스테이에 생긴 던전이다. 뭐가 있을지는 모른다. 다만, 한주혁은 이 순간에 재미있다 느꼈다. 제우스가 준비하고 있는 것이 무엇인지. 이 올림푸스 세계가 그려놓은 큰 그림이 무엇인지.

'재미있네.'

히든 던전. '헌납하는 제단'에 들어섰을 때. 한세아가 무엇인가를 발견했다.

"오빠. 저기 봐봐."

일반적인 던전과는 약간 달랐다.

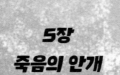

5장
죽음의 안개

한주혁의 눈에 보인 것은 3장의 카드였다. 가로 약 2미터. 세로 약 2미터. 크기가 상당히 큼지막한 카드 세 장이 허공에 뜬 상태로 천천히 회전하고 있었다.

팬더가 말했다.

"저것들 중 하나를 선택하는 구조인 것 같습니다."

한주혁이 성큼성큼 앞으로 걸어갔다.

'말하자면 관문 선택 같은 건가?'

맨 처음 어떤 루트를 탈지 결정할 수 있는 것 같았다. 팬더와 한주혁은 주변을 둘러봤다. 그렇게 어둡지도 않고 그렇다고 또 그렇게 밝지도 않았다. 어두운 실내에 누런색 간접등을 켜놓은 정도.

'벽면에는 횃불이 18개.'

그다지 밝지 않은 횃불 18개가 벽면에 붙어서 빛을 토해내고 있는 중.

'벽은 벽돌과 비슷한 재질로 만들어져 있는 것 같고.'

이곳의 전체적인 형상은 직사각형의 형상을 띠고 있었다. 가로 약 30미터. 세로 약 70미터 정도.

'단서가 될 만한 건……'

무턱대고 세 장의 카드 중 하나를 선택할 수는 없다. 아무런 단서도 없다면, 혹은 그 단서를 찾지 못한다면 결국 아무거나 하나를 선택해야 하겠지만.

'벽돌의 색깔들이 똑같지 않다.'

색깔이 조금씩 다르긴 다른데.

'일정한 규칙을 가지고 있어.'

정확한 규칙은 아니었으나 전체적인 큰 틀에서 보자면 색깔 변화에는 흐름이 있었다. 자세히 보지 않으면 크게 두드러지지는 않는 정도의 변화.

한주혁은 세 장의 커다란 카드 앞에 섰다. 카드 앞. 한주혁의 발아래에는 정사각형 형태의 하얀색 돌판이 있었다.

"이곳. 내가 카드를 바라보고 있는 곳 기준으로 오른쪽에서부터 왼쪽으로 약 5미터 간격으로 색깔이 흐려지고 진해지고를 반복하고 있다."

팬더가 고개를 끄덕였다.

"역시 놀라운 관찰력이십니다."

조명이 약간 누르스름한 데다가 그다지 밝지 않다. 패스파인더라는 특수 직업을 가진 자신도 발견하는 데 상당한 시간이 걸렸다. 한주혁과 거의 비슷한 시간에 찾아냈다.

한세아는 한주혁의 뒤에 섰다.

'내 눈에는 똑같은데.'

아주 약간 다른 걸 알기는 알겠는데. 그래도 거의 똑같아 보였다. 말하자면 틀린 그림 찾기 수준의 다름.

'알고 봐도 잘 모르겠다.'

애초에 실력 차이가 너무 많이 나니까. 이제는 그냥 그런가 보다 할 뿐이다. 이곳에 절대악을 전혀 모르는 평범한 플레이어 하나를 데려오면, '엥? 저게 뭐가 달라. 뭐가 바뀌긴 바뀌어요? 내 눈에는 똑같은데?'라고 말할지도 모를 일이다.

"한 가지 첨언하자면 주군께서 말씀하신 순서대로 벽돌의 질감이 조금씩 달라집니다."

한주혁이 씨익 웃었다. 역시 팬더를 데려오길 잘했다. 팬더가 말하길, 오른쪽에서 왼쪽으로. 조금씩 질감이 부드러워진단다. 색깔과 비슷했다. 약 5미터 간격으로 그러한 흐름이 나타났다.

한주혁이 팬더의 말을 듣고서 주변을 스윽- 훑었다. 그러고서 명령을 내렸다.

"팬더. 가서 확인하고 와."

팬더는 그 말이 무슨 뜻인지 즉시 이해했다. 그에 반해 한세아는 이게 무슨 뜻인지 이해하지 못했다. 팬더가 잠시 자리를 비운 사이. 한세아가 물었다.

"오빠. 뭘 확인하라는 거야?"

"저기를 기점으로 구간을 약 5미터씩 나누었을 때. 그 중간쯤 되는 곳에 유난히 하얀색에 가까운 벽돌들이 있어."

"……그래?"

한세아는 눈을 비비고 봤다. 아무리 눈을 비벼 봐도 다 비슷비슷해 보인다.

'내 시야로는…… 진짜 가까이 가서 봐야 겨우 확인이 가능하거나, 가까이 가서 봐도 확인 못 하겠는데?'

이성으로 이해하는 건 그만둔 지 오래다.

'오빠가 그렇다니까 그냥 그런가 보지 뭐.'

그렇게 생각하는 것이 정신건강에 이롭다. 한세아는 세 장의 커다란 카드들에 대한 설명을 살펴봤다.

상세설명이라고 보기에는 좀 어려웠으나 이름 정도는 파악할 수 있었다.

-올곧고 강력한.
-정직하고 상상 가능한.
-모호하고 다채로운.

한세아는 고개를 갸웃했다. 이 카드들의 이름이 상당히 추상적이어서 무엇을 의미하는지 알 수 없었다.

팬더가 돌아왔다.

"주군의 말씀이 맞습니다."

하마터면 자신도 놓칠 뻔했다. 역시 주군이시다. 패스파인 더인 자신보다 더욱 놀라운 관찰력과 집중력을 갖고 있다. 확실히. 이 세계를 다스릴 대군주로서의 모든 자질을 갖추고 계신 것 같다.

"하얀색에 가까운 벽돌들을 확인할 수 있었습니다."

팬더가 조심스레 말을 이었다.

"이 모든 정보들과 형태가 주군의 머릿속에 이미 그려져 있을 것이 분명합니다만……."

그건 팬더도 마찬가지다. 이미 이곳에 관한 모든 정보가 머릿속에 박혀 있다. 마치 사진처럼 말이다. 그러나 그래도 확실한 것이 좋다.

"제가 따로 이곳의 모든 것을 저만의 방식으로 기록하여 놓았습니다. 이는……."

이는 주군의 능력을 의심하는 것이 아니라 패스파인더로서의 본분을 다하기 위함입니다. 결코 주군의 능력을 의심하는 것이 아닙니다. 이렇게 말하려고 했는데, 한주혁이 말을 끊었다.

"잘했다."

그 말 한 마디에 팬더는 감격했다. 가끔 뛰어난 군주의 경우 자신의 능력을 폄하한다고 왜곡 해석하여 불같이 화를 내는 경우가 있으니까. 하지만 역시 주군은 주군이었다. 속 좁은 놈들과는 달라도 많이 달랐다.

요즘 힐스테이에 유행하고 있는 말을 꺼냈다.

"형은이 망극하옵니다."

"……."

한세아는 '저 말이 저기까지 퍼졌어?' 하고 배시시 웃고 말았다. '이오빠가내오빠다'로 비밀리에 활동하고 있는 그녀다.

'오빠 표정 완전 썩었다.'

저 표정 보는 게 참 재미있다. 나름 변태적인 취미인 거 같지만 그래도 재미있는 걸 어쩌랴.

'나중에 나도 많이 써먹어야지.'

한주혁이 애써 '형은이 망극하옵니다'라는 말을 무시하고서 물었다.

"팬더. 이 세 개의 카드 중 무엇을 선택해야 내게 가장 유리할 거라고 보지? 패스파인더로서의 의견을 듣겠다."

팬더는 잠시 눈을 감았다.

올곧고 강력한.

정직하고 상상 가능한.

모호하고 다채로운.

첫째.

'이곳 지형지물이 주는 정보와 연관성이 있는가.'

둘째.

'이곳이 나타난 인적, 물적 배경과 카드 사이에 연관성이 있는가.'

셋째.

'이곳을 활성화시켰고 클리어의 주체가 될 절대악과 잿빛 마도사와 연관이 있는가.'

팬더는 크게 이 세 가지 조건을 기준으로 생각해 봤다.

"패스파인더 팬더. 주군께 감히 조언을 드리고자 합니다."

"말해봐."

또다시 그 '말해봐' 한 마디에 팬더는 감격하고 말았다. 별거 아니라면 아닌 건데. 주군이 자신을 믿어준다는 그런 느낌이다. 홀로 뛰어나서 독야청청하는 것이 아니라, 말 그대로 '소통하는 군주' 혹은 '인재를 적재적소에 잘 활용하는 군주'처럼 느껴졌다.

"저는 이 세 번째 카드를 뽑는 것이 좋을 것 같습니다. 하나 이것은 제 개인적인 판단일⋯⋯."

"안다. 선택은 내가 한다. 그리고 그에 대한 책임도 내가 진다. 쓸데없는 첨언은 그만둬도 좋다."

"주군⋯⋯!"

형은이 망극하옵니다. 말하고 싶었는데 주군께서 이 말을 별로 안 좋아하시는 것 같아서 안 했다. 패스파인더인 만큼 눈치도 제법 빨랐다.

한주혁이 말을 이었다.

"세 번째 카드를 선택한 이유는……. 대략 세 가지 정도 맥락에서 파악했겠군."

"그, 그렇습니다."

팬더는 몸을 부르르 떨었다. 과연. 주군께서 생각하신 세 개의 이유가 자신이 생각한 것과 정확하게 일치하는지. 그게 궁금했다.

'주군이라면…….'

거의 비슷하게 생각했을 것 같다. 그 정도의 능력을 갖추셨으니까.

"그 세 가지 이유에 대하여 감히 여쭈어도 되겠습니까?"

그 순간. 한주혁에게 알림이 들려왔다.

-퀘스트. '팬더와의 의견 교환'이 발생되었습니다.

-본 퀘스트는 1회성 퀘스트이며 즉시 클리어 여부가 결정됩니다.

-클리어 여부는 시스템이 판단합니다.

-클리어 시 보상이 주어집니다. 클리어 실패 시에도 불이익은 없습니다.

갑자기 생겨나는 퀘스트. 오랜만이다. 그것도 NPC로부터의 퀘스트라니.

'보아하니 팬더 본인이 주는 건 아닌 거 같고.'

그랬다면 지금 황송해서 어쩔 줄 모르고 있을 거다. 감히 주군께 나 따위가 퀘스트를 내리다니! 라면서 말이다. 그건 아닌 것 같다. 이건 시스템. 그러니까 제우스가 만들어낸 돌발 퀘스트다.

한주혁이 고개를 끄덕였다. 틀려도 불이익은 없다. 좋으면 좋았지 나쁠 건 없는 퀘스트. 퀘스트 여부와는 관계없이 팬더의 생각과 자신의 생각이 일치한다면. 정답에 더욱 근접할 수 있을 테니까.

한주혁이 말했다.

"첫째. 이곳의 지형지물. 누르스름한 조명. 육안으로 분간이 모호한 벽돌의 색깔들. 그러나 자세히 보면 상당히 다채로운 색깔들의 조합."

심지어 벽돌 하나하나도 여러 가지 색깔의 작은 알갱이들이 조합되어 전체적인 색깔을 나타내는 형태다.

"둘째. 헌납하는 제단이 활성화된 배경."

"……."

패스파인더 팬더는 한주혁을 쳐다봤다.

'비록 선택한 언어는 조금 다를지라도……!'

그 근본은 같았다.

'주군의 생각과 내 생각이 정확하게 일치한다.'

정말이었다. 혹시 그렇지 않을까 생각했는데. 주군은 마치 자신의 마음속을 훤히 들여다보고 있는 것처럼. 자신과 정확하게 일치된 의견을 내놓았다. 전체적인 상황을 읽고서 말이다.

"제단에 영향을 끼친 것은 성좌의 힘이었다. 그리고 그것을 막아낸 것이 제단의 힘. 제단의 힘이 곧 나의 힘이니 흑과 백의 대립이었다고 보아도 무방하겠지."

"그, 그렇습니다."

그 가운데에 이 던전이 활성화되지 않았던가. 두 개의 서로 다른 힘이 싸우면서 말이다.

"이곳은 중앙 제단이 한 단계 업그레이드되고 필드가 확장되면서 생겨난 던전이지. 그런데 그 중앙 제단의 이름이 신실한 중앙 제단."

원래 힐스테이의 이름은 '스카이 데블의 은신처'라는 이름을 갖고 있었다. 이곳은 절대악의 본거지. 모든 이름에 '데블' 혹은 '악' 등의 이름이 들어간다. 그런데 이름의 단서에 '신실한'이라는 수식어가 붙었다. 어울리지 않는 네이밍이다. 개념이 조금 모호해진 느낌이다.

팬더가 침을 꿀꺽 삼켰다. 별거 아니라면 별거 아니지만 긴장됐다. 주군께서 마지막 하나 남은 조건도 자신과 똑같이 생각하고 계실까. 나의 생각과 모든 것이 일치할까. 주군께서는 이 모든 상황을 읽고 계신 걸까.

"셋째."

거기에 더해, 절대악의 제단이 '7번 성좌 순백의 마도사'에 영향을 끼쳤다. 순백의 마도사가 잿빛의 마도사로 전직했다.

"흑도 아니고 백도 아닌."

한주혁의 눈빛이 한세아에게 향했다. 한세아는 찔끔 놀랐다. 아씨. 나한테 뭐 질문하는 거 아니지? 제발 그러지 마. 나는 오빠처럼 똑똑하지 않다고.

"잿빛의 마도사를 탄생시킨 제단이 활성화한 던전."

흑도 아니고 백도 아니고. 그 중간쯤의 애매한 능력을 가진 마도사를 탄생시킨 제단. 애매하지만 또 흑에게도 영향을 끼칠 수 있고 백에게도 영향을 끼칠 수 있는 다양한 능력을 가진 마도사를 탄생시킨 제단. 그 제단이 만들어낸 던전.

"이 정도면 세 번째 카드를 선택해도 되겠지. 물론 그에 대한 책임은 내가 지고."

한주혁에게 알림이 들려왔다.

-충성심이 상승합니다.
-제9장로 팬더가 깊이 탄복합니다.
-제9장로 팬더의 충정심이 대폭 상향조정됩니다.

선택의 과정은 신중해야 하지만, 이미 선택을 했다면 그 선택의 행동은 과감해야 했다. 그것이 대군주로서, 수많은 이들을 이끌고 있는 절대악으로서 배운 요령 아닌 요령이다.

"저의 생각과 정확하게 일치합니다. 역시 주군이십니다."

자신이야 클래스가 클래스다보니 그렇다 치더라도. 패스파인더도 아닌 분께서 이리 정확하게 짚어내실 줄이야.

그와 동시에 한주혁에게 퀘스트 클리어 알림이 이어졌다.

-퀘스트. '팬더와의 의견 교환'이 클리어되었습니다.
-퀘스트 클리어 보상으로 '팬더의 응답'이 주어집니다.

팬더의 응답은 스크롤 아이템. 그러니까 1회성 마법 아이템이었다.

<팬더의 응답>

제9장로. 팬더를 소환하는 능력을 가진 스크롤입니다. 이는 제우스가 공증하는 최상위 명령 스크롤이므로, 그 어떤 상황과 장소 및 설정값에 구애받지 않고 사용할 수 있습니다.

한주혁은 한 문장에 집중했다.

'최상위 명령 스크롤?'

최상위 명령이란다. 처음 본다. 흔히들 말하는 등급. 그러니까 레어급, 레전드급. 그러한 개념을 뛰어넘어 아예 '제우스가 공증하는 최상위 명령'이란다.

'언젠가…… 사용할 날이 있겠지.'

제우스가 아무 생각 없이 절대악의 본거지라 할 수 있는 이곳에 만들어진 던전에서 이것을 보상으로 줬을 리는 없다. 분명 언젠가는 쓸 일이 생길 거다.

'이건 잘 모셔두고.'

지금은 던전 클리어에 집중하기로 했다. 세 번째 카드. '모호하고 다채로운'을 선택했다.

-'모호하고 다채로운'을 선택하시겠습니까?

-선택의 기회는 1번뿐입니다. 되돌릴 수 없습니다.

-정말로 '모호하고 다채로운'을 선택하시겠습니까?

'모호하고 다채로운' 카드를 선택했다. 약간의 로딩시간을 거쳐 주변의 풍경이 변했다. 한주혁이 주변을 둘러봤다.

"여긴……."

너비를 그렇게 넓지 않았다. 겨우 두세 사람이 함께 지나갈 수 있을 정도의 폭을 가진 길. 다만 양옆으로 매우 높은 돌담이 서 있었다. 좁은 폭. 높은 담.

"미로?"

한주혁이 앞장서서 걸었다.

"미로네."

미로의 형태인 것은 분명했다. 그때. 팬더가 크게 말했다.

"주군. 저길 보십시오!"

무언가가 밀려들고 있었다.

그것이 미로 통로를 가득 채우며 접근하고 있었다. 팬더는 순간적으로 위험을 감지했다.

'저건 설마.'

과거 스카이 데블의 주민들을 멸망 직전까지 몰아넣었던 재앙 중 하나. 팬더가 알고 있는 고문서에 그렇게 기록되어 있다. 이른바 '죽음의 안개'라고 불리는 독가스다. 편의상 독가스로 명명했지만 저것의 정체는 정확하게 알려져 있지 않다.

에르페스 제국 황실에서 비밀리에 만들어낸 흑마법의 산물이라는 설도 있고 자연현상이라는 설도 있다.

'설마 정말로 죽음의 안개인가.'

문서에 기록되어 있는 죽음의 안개가 맞다면 지금 당장 도망쳐야 한다. 패스파인더 팬더는 자신만의 능력을 활용하여 저 성분이 이곳까지 닥쳐오기 전에 저것이 무엇인지 알아내려 노력했다.

'탐색.'

한주혁도 느낄 수 있었다. 한주혁은 현재 심안을 펼쳐놓고 있는 상태. 한주혁의 심안에 팬더의 마나 흐름이 느껴졌다.

'저게 뭐지?'

뭔지 알 수는 없으나 팬더의 반응으로 봤을 때 아주 편안한 상황이 아니라는 것 정도는 알겠다. 통로 끝에서 천천히. 조금씩 이쪽을 향해 전진하고 있는 저것은 검은색 안개 같았다.

'성분 분석.'

제9장로 팬더는 다가오는 검은색 안개에 대한 성분을 분석

했다.

'제발.'

어떠한 성분인지 분석이 되어야 할 텐데. 고문서에 따르자면 '죽음의 안개'는 그 어떠한 능력으로도 성분 분석이 불가능하다고 되어 있었다. 선대 패스파인더들도 성분 분석에 실패했다고 했다.

팬더에게 알림이 들려왔다.

-성분을 분석할 수 없습니다.

-성분을 분석할 수 없는 미지의 물질입니다.

성분 분석이 불가능했다.

'문서의 기록과 같다.'

그렇다면 저것은 정말로 살아 있는 모든 것을 집어삼키는 죽음의 안개가 맞다는 말인가.

"주군. 확실히 말씀드리기는 어렵습니다만 죽음의 안개 같습니다."

"위험한가?"

팬더가 다시금 자신의 스킬을 펼쳤다.

-스킬. '유해성분 분석'을 사용합니다.

-정확한 성분 분석이 완료되지 않았습니다.

-'유해성분 분석' 스킬을 통하여 대략적인 유해 유무만 판단할 수 있습니다.

결과값은 예상대로였다.

"맹극성 독극물입니다. 인체에. 아니 살아 있는 모든 생명체에 끔찍한 안개입니다. 생명을 잡아먹는 안개. 죽음의 안개입니다. 피해야 합니다."

한세아는 팬더가 이렇게 당황한 것을 처음 본다. 던전 클리어 때마다 상당히 편안해 보였는데.

-오빠. 팬더가 저 정도로 당황하는 거 처음 보는데. 괜찮은 거 맞아?

-몰라.

한주혁도 처음 보는 거다. 괜찮은지 안 괜찮은지 알 게 뭐란 말인가. 다만 제국의 최정상급 NPC와도 자웅을 겨룰 수 있다고 생각하고 있는 장로가 저 정도로 당황하고 있다는 건, 아마 시스템적으로 '가장 강력한' 축에 속하는 재앙일 확률이 높다는 얘기였다.

한주혁이 말했다.

"확실한 건……. 심안으로도 저 안쪽을 탐색할 수가 없다는 거야."

심안도 광역탐색도 죽음의 안개 내부를 뚫지 못했다.

"그 말은 곧. 저 안에 갇히면 완벽한 어둠 속에 들어가는 거지."

한주혁이나 팬더 정도의 신체 능력을 가졌으면 정말 희미한, 거의 없다시피 한 불빛으로도 시야를 확보할 수 있다. 그러나 저건 좀 다른 의미다. 완벽한 어둠. 아무것도 보이지 않는 '무광'의 세계로 빠져드는 거다. 자신의 손과 발. 자신의 신체마저도 보이지 않는 어두운 곳으로 말이다.

"모든 빛을 잡아먹는 성질을 가진 것 같은데."

"그렇습니다, 주군. 시야 확보가 불가능할 것 같습니다."

팬더가 급한 대로 임시방편을 사용했다.

"제가 로프를 준비하겠습니다."

서로의 몸을 이어야 했다. 시야가 완전히 제한될 수 있으니까. 팬더가 한주혁과 자신의 몸을 잇는 사이 한세아는 한주혁의 팔을 꽉 붙잡았다.

-오빠. 내가 정화 마법 한 번 써보기나 할까? 밑져야 본전이잖아.

한세아에게는 여전히 '정화 마법'이 있다. 잿빛 마도사가 되면서 위력은 조금 약해졌지만(악, 마 속성에 대한 속성 우위가 사라졌지만) 반대로 한세아의 기본 능력치가 높아졌다. 다시 말해 기본적인 정화 능력 자체는 예전과 그렇게 큰 차이가 없다는 것.

-해봐.

한주혁의 허락이 떨어지자 한세아가 곧바로 정화를 사용했다.

-스킬. 정화를 사용합니다.

그러나 검은색 안개에는 그 어떠한 영향도 끼치지 못했다. 마치 아주 느린 해일처럼. 이쪽을 향해 스멀스멀 밀려들어 왔다.

"정화로는 안 되고."

한주혁 일행은 뒤로 조금씩 물러섰다. 한주혁은 주변을 살폈다.

'뒤쪽으로 물러나는 건 한계가 있어.'

통로가 어디까지 이어져 있을지도 모르겠고. 광역탐지로 느껴본 바에 의하면 얼마 가지 않아 막다른 길이 나온다.

"팬더. 죽음의 안개에 대한 정보가 더 없나?"

"죽음의 안개는 스카이 데블 고문서에나 등장하는 괴이현상입니다. 살아 있는 모든 생명체를 잡아먹는다는 것 외에는 별다른 정보가 없습니다."

"과거에는 어떻게 해결했지? 해결했으니까 어찌어찌 기록으로 남아 있겠지."

"기록이…… 남아 있지 않습니다."

한주혁이 인상을 찡그렸다.

'이곳은 내 본거지에 생긴 던전.'

선택한 루트는 '모호하고 다채로운'이었다. 그 키워드와 관련이 있나. 앞선 선택의 관문에서 뭔가 놓치고 있던 것이 있나. 일정한 패턴을 가진 벽돌. 중앙의 다른 벽돌. 카드 앞에 있는 네모난 석판. 세 개의 카드. 누르스름한 빛.

'뭔가. 놓치고 있는 것이 있을 텐데.'

안개는 천천히 계속 밀려들고 있는 상황. 막다른 골목까지 밀려나기까지의 시간을 대략적으로 계산해 보면 약 10분 정도의 시간이 남아 있는 것 같다.

'생각하자.'

저 죽음의 안개가, 제9장로 팬더를 당황시킬 정도의 엄청난 것이라면 분명 위험한 것이긴 할 거다. 방법을 찾아야 했다.

'방법이 분명 있어.'

천세송은 앱솔루트 네크로맨서다. 그녀 덕분에 네크로맨서의 위상이 굉장히 높아졌다. 네크로맨서 복장만 하고 있어도 사람들이 시비를 잘 걸지 않는다.

네크로맨서는 대부분 어두컴컴한 로브를 걸치고 있는 편이고 덕분에 누가 누구인지 제대로 분간이 되지 않았으니까. 겉모습만으로는 고수인지 고수가 아닌지. 살펴보기 어렵다.

'폴리모프 포션까지 마실 거니까 알아보는 사람은 없겠지?'

천세송은 특별한 아이템을 들고 다니지 않는다. 클래스 자체가 사기다 보니 아이템에 그다지 집중하지 않았다. 그래서 아이템으로 천세송을 알아보기는 어렵다. 다만 얼굴이 너무나 유명해져서 폴리모프 포션이 없으면 제대로 활보하기가 어렵다. 그래서 혼자 이동할 때에는 폴리모프 포션을 마신다.

한주혁은 힐스테이의 던전을 클리어하고 있는 상황. 천세송은 오늘 그녀만의 사냥 시간을 갖기 위해 움직였다.

'프루나 근처에 새로운 몰이 던전이 생겼다는 거 같은데.'

그쪽으로 가보기로 했다. 몰이 던전이면 몬스터가 많다는 얘기다. 꽤 괜찮은 언데드 군단을 만들 수 있을 거다.

'그럼 오빠한테 도움이 될 수 있겠지?'

오빠가 워낙 강해서 사실 도움이 얼마나 될 수 있을지 모르겠지만 그래도 그녀는 그녀의 자리에서 최선을 다하기로 했다.

'레벨 제한 50 던전이니까……. 그냥 들어가도 될 거야.'

호위병력이 없어도 괜찮을 거 같다. 그런데 누군가 따라붙었다.

"제가 호위하겠습니다."

제2장로 요르한이었다. 살막의 수장. 다시 말해 최상급 살수 NPC.

"고마워요."

"다만 저는 제국의 눈에 띄면 안 되는 신분이기에……. 꼭 필요한 상황에서만 모습을 드러내도록 하겠습니다. 주모님."

요르한은 방긋 웃는 천세송의 모습을 보고서 얼굴을 붉혔다.

'주군께 정말 너무나도 잘 어울리시는 분이시다.'

이 세상 그 무엇보다도 빛나는 보석을 보고 있는 것 같다.

이토록 아름다운 사람이 있을 거라고는 상상조차 해보지 못했다. 폴리모프 포션을 마셔서 얼굴이 변한 것이 아쉬울 지경이었다.

'어찌 저토록 아름다우시단 말인가.'

보고만 있어도 기분이 좋아지는. 괜스레 행복해지는 그런 느낌.

'주군께서는 여인을 고르는 안목마저도 탁월하신 것이다.'

그 주군을 위하여 이 한 몸을 불사르기로 했다. 요르한은 완벽하게 은신한 상태로 천세송을 따랐다.

천세송이 새로 생긴 던전. '노키르 던전'에 입장했다. 거기서 천세송은 황당한 상황과 마주해야 했다.

'이 남자. 어디서 봤는데.'

기억났다. 예전부터 몇 번이나 집적거렸던 남자. 예전에는 중소연합의 연합장이었었는데. 명함까지 받았었다. 렉사스 연합의 로안.

'맞다. 로안.'

팔굽혀펴기인지 앉았다 일어났다인지를 반복시켜서 혼을 내준 적이 있었다.

'그때 버릇을 아직도 못 고쳤나?'

상황을 보아하니 이 로안이라는 젊은 플레이어를 중심으로 하나의 연합이 형성되어 이 던전을 먹고 있는 것 같았다.

"이용료를 내라고요?"

폴리모프 포션으로 얼굴을 바꿨지만 그래도 기본 본판이 워낙 예쁘다 보니 적당히 예쁜 얼굴의 마리안(천세송)이다. 로안은 간만에 예쁜 플레이어를 만나서 기분이 좋은 듯했다.

"당신은 좀 깎아줄 수 있어. 난 예쁜 사람한테는 아주 관대하거든."

그는 생각했다. 아무리 올림푸스 보정이 있다고 해도 저 정도는 A급이다. 경국지색의 엄청난 미인이라고 보기에는 어려울지 몰라도 적어도 일반인들 중에서는 가히 최상급.

"나랑 데이트를 해준다면 공짜도 가능하고. 쩔도 가능해."

로안은 현재 '강자존 연합'을 이끌고 있다. 이 근방에서는 나름 유명하다. 던전 두 개를 차지하며 관리하고 있다.

"이곳은 절대악 소유의 필드잖아요. 절대악이 사냥 자유롭게 하도록 풀어놨을 텐데요."

"그거야 절대악 사정이고."

절대악쯤 되는 사람이 레벨 제한 겨우 50 던전에 관심이나 둘까. 절대악이 사는 세상과 자신이 사는 세상은 다르다. 자신은 자신의 세상에서나 왕이면 되는 거다. 그는 안다. 윗세상을 침범하는 것보다, 그냥 아랫세상에서 더 약한 놈들 고혈이나 쥐어짜는 게 훨씬 쉽다. 의무에서도 자유롭다. 그는 이게 적성에 맞았다.

"여기서는 내 말이 곧 법이야. 그리고 말이야. 보아하니 네크로맨서 같은데. 지금 풍겨져 나오는 건 폴카오의 마기야, 아니면 네크로맨서 특유의 기운이야? 내가 보기에는 풀카오의 마기인데."

보통 네크로맨서는 카오가 많다. 비율적으로 그렇다. 네크로맨서가 카오인 것은 그다지 이상한 게 아니다.

"어차피 들어와서 파티 구하려던 거 아니었어? 우리 강자존이 맡아줄 수 있어. 이 근방에서는 최고의 실력을 가졌지."

허세도 좀 부려봤다.

"적어도 이 던전에서는 절대악보다도 훨씬 강해. 다시 말해 너는 지금 행운의 끈을 잡은 거야."

절대악이 진짜 듣는 것도 아닌데 뭐 어떠랴.

"여기 말고 다른 곳들도 마찬가지예요?"

"뭐가?"

"우리 오빠가 자유롭게 사냥하라고 규제 다 풀어줬는데……"

"뭔 헛소리야?"

천세송은 속으로 혀를 찼다. 사람들이라는 게 다 이런 건가. 20살이 넘어 사회를 경험하면 할수록 더 그런 거 같다. 자신은 아직 어리다고 생각하고 있고 사회를 잘 모른다고 생각하는데. 왠지 더 알아가고 싶지 않은 기분이다.

'우리 오빠는 힘이 생겨도 이렇게 갑질하지 않던데.'

요즘 젊은 플레이어들 중 성공한 플레이어들이 많이 나타나고 있다. 절대악이 스탯업 퀘스트 독점을 풀고 사냥터 규제를 풀어준 덕분이다. 그래서 재능과 노력을 겸비한 플레이어들은 과거에 비해 훨씬 더 쉽게 성공할 수 있었다. 그런데 그렇게 성공하여 힘을 모은 플레이어들 몇몇이 그 힘을 악용하고 있는 상황.

'이 사람들은 쥐꼬리만 한 힘 좀 생겼다고……'

몹몰이 던전. 다시 말해 경험치를 매우 많이 주는 던전을 독차지하고 다른 이들은 들어오지도 못하게 막고 있다. 말도 안 되는 입장료를 내야만 입장할 수 있는 데다가, 이들이 정해준 구역에서만 사냥을 해야만 했다.

'오빠도 이런 상황은 모르는 것 같던데.'

신경 써야 할 것이 너무 많다 보니 그렇다.

"당신은 그 고약한 성질 여전히 못 고쳤네요."

"뭐?"

로안은 순간 긴장했다. 이 목소리. 어디서 들어봤는데.

"혹시 너 내 전 여친이냐?"

전 여자 친구가 너무 많아서 잘 기억은 안 난다. 하룻밤 먹고 버린 여자애일 확률이 높은데.

'누구지?'

그러고 보니 아주 묘하게, 느낌과 분위기가 익숙하다고나 할까.

"혹시 나랑 잤었냐?"

천세송이 고개를 절레절레 저었다. 어차피 그녀는 풀카오다.

"일어나라. 죽음의 꽃순이여."

레벨 50 제한 던전. 중위급 던전에 이프리트가 모습을 드러냈다.

"크하하하핫!"

미국조차도 손을 제대로 쓰지 못했던 흉폭한 몬스터 이프리트가 꽃순이의 이름을 달고, 앱솔루트 네크로맨서의 언데드 보정을 받아 다시 태어난 거다.

로안은 뭔가 잘못되었음을 느꼈다.

'어……?'

저 웃음소리. 불꽃에 휩싸인 장승 형태의 몬스터. 이거 뭔가 느낌이 안 좋다.

'설마.'

설마 아니겠지. 앱솔루트 네크로맨서쯤 되는 플레이어가 왜 이런 저렙 던전을 오겠어. 이건 말도 안 되는 상황이지.

"어디서 개수작이야!"

진짜 앱솔루트 네크로맨서는 아닐 거다. 분명히 그랬다. 아니. 그래야만 했다. 이름도 꽃순이로 지었다. 앱솔루트 네크로맨서의 추종자인 것 같다.

"더럽게 그년을 흉내 내?"

그녀에게 나쁜 기억이 있다. 그는 앱솔루트 네크로맨서를 싫어한다. 따라서 앱솔루트 네크로맨서를 흉내 내는 이 여자도 싫다.

꽃순이의 불꽃이 타올랐다.

"주둥이가 아주 상스럽구나. 이 좆밥새끼야."

그렇게 최근 상승세를 탄 로안은 순식간에 사망했다. 꽃순이는 황당해했다.

"뭐야. 이놈. 너무 약하잖아? 뭐 이렇게 약한 새끼가 다 있지?"

강자존 연합의 연합원들은 그대로 도망쳤다. 아니, 도망치려고 했다. 하지만 '죽음의 꽃순이'는 그들을 놓아주지 않았다.

"크하하핫! 불타 올라랏! 죽음의 꽃순이가 죽음의 노래를 부르리니!"

모두가 불탔다. 강자존 연합원들은 전부 사망했다. 이 영상이 강자존 연합이 아닌 다른 플레이어들에 의하여 촬영되었다. 절대악 열풍을 또다시 불타오르게 만들 하나의 불씨가 마련됐다. 이 시점에서 천세송은 그것을 전혀 모르고 있었지만.

꽃순이가 몸을 빙그르르 돌렸다. 그리고 제 딴에는 우아하게 외쳤다.

"우리 언니가 최고존엄이시다!"

같은 시각.

'헌납하는 제단' 던전 속. 한주혁의 등이 막다른 벽에 닿았다. 이제 죽음의 안개가 코앞까지 다가왔다. 서로의 몸을 로프로 묶은 상황.

'남은 시간은 기껏해야 30초.'

이미 막다른 골목이다. 오는 동안 여러 가지 정보들을 취합하며 생각해 봤지만 저 죽음의 안개를 없애는 방법을 찾아내지 못했다.

'겨우 10초.'

바로 눈앞에 보였다. 모든 것을 집어삼키는 죽음의 안개. 성좌의 정화마저도 통하지 않는 미지의 물질이 손만 뻗으면 닿을 거리까지 다가왔다.

-오빠. 어떡해? 진짜 우리 죽는 거 아냐? 설마 델리트는 아니겠지? 저거 심상치 않아 보이는데.

팬더에게도 뾰족한 수는 없어 보였다. 그런데 그때. 한주혁이 움직였다.

한세아가 오빠! 하고 다급하게 외쳤다. 팬더는 볼 수 있었다.

'주군께서⋯⋯.'

팬더의 눈으로 정확하게 봤다.

'웃고 계셨다.'

씨익 웃고 있었다. 무언가 방법을 찾아낸 사람처럼.

'어떻게 하시려고⋯⋯?'

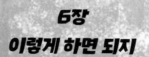

6장
이렇게 하면 되지

　패스파인더 팬더의 특수 능력이 담겨 있는 로프. 팬더는 이 로프를 '만능 로프'라고 부른다. 만능 로프가 순식간에 늘어나기 시작했다.

　한주혁이 죽음의 안개를 향해 뛰어들었기 때문이다.

　'주, 주군……!'

　만능 로프는 수 ㎞까지 늘어나는 특수한 성질을 가지고 있다. 그리고 어지간해서는 끊어지지 않는다.

　'계속해서 늘어나고 있어.'

　한주혁이 죽음의 안개에 가려졌다. 한세아는 두 눈을 끔뻑거렸다. 지금. 무슨 일이 벌어진 거지?

　-오빠. 괜찮아?

　귓말을 보내보려고 했는데.

-귓말 전송 불가 지역입니다.
-귓말을 보낼 수 없습니다.

귓말 보내는 것에 실패했다. 한세아는 로프를 쳐다봤다.

'로프의 줄이 늘어나고 있으니까.'

일단 저 안에서 오빠가 뭔가를 하고 있다는 뜻이다. 고문서에나 기록되어 있다는 죽음의 안개. 저 안에서 오빠가 뭘 하고 있는 건지.

"루나 님. 죽음의 안개가 전진을 멈췄습니다."

그때. 한세아가 무언가를 발견했다.

"어……?"

죽음의 안개가 바로 앞까지 와 있는 상황. 손만 뻗으면 닿는 거리. 그런데 발밑에 무언가가 생겼다.

"이거. 아까 카드 고를 때 봤었던 네모난 돌이잖아요?"

"……그렇습니다."

아까까지는 분명히 없었는데. 한주혁이 죽음의 안개 안으로 들어갔을 때 저절로 생겨났다. 발판이라고 불러도 무방한 형태의 네모난 돌. 하얀색을 띄고 있었다. 대리석과 비슷한, 매끈한 재질이었다.

팬더는 발견할 수 있었다.

'죽음의 안개에는……. 닿지 않았어.'

죽음의 안개가 이 네모난 돌까지는 침범하지 않았다.

'주군께서는 어떻게 하고 계신 거지……?'

한주혁이 죽음의 안개로 뛰어들었을 때. 한주혁은 그 즉시 알림을 들을 수 있었다.

-죽음의 안개와 접촉합니다.

-죽음의 안개는 살아 있는 모든 생명체를 집어삼키는 강력한 힘을 보유하고 있습니다.

-죽음의 안개는 매우 위험합니다.

-죽음의 안개에서 조속히 탈출하기를 권고합니다.

여러 가지 경고들이 한꺼번에 들려왔다. 하지만 탈출하려면 들어오지도 않았다. 한주혁이 이곳에 뛰어든 것은 나름대로의 확신이 있어서이기도 했고.

-죽음의 안개의 강력한 기운이 플레이어의 몸을 침식하기 시작합니다.

-죽음의 안개가 가진 강대한 기운이 플레이어의 몸을 감싸 안기 시작합니다.

한주혁은 이질감을 느껴야만 했다.

'이 느낌. 되게 구리네.'

그냥 구린 것도 아니고 아주 많이 구렸다. 자신의 손과 발이 전혀 보이지 않는 이 느낌. 만져보면 감각은 있는데 시각이 완전히 차단된 느낌. 경험해 보기 전까지는 몰랐는데 굉장히 이질적이었다.

머리로는 자신의 몸이 있다는 걸 알고 있는데, 감각적으로 자신의 몸이 아닌 것 같은 느낌과 비슷했다.

'로프는 멀쩡하고.'

죽음의 안개. 이름도 거창하고 고문서에 기록되어 있는, 모든 살아 있는 생명체를 잡아먹는 괴현상이라고 하길래 약간은 긴장했건만.

'눈이 보이지 않는다는 것만 제외하면 그다지 별로 해가 되는 건 없는 것 같은데.'

몸을 침식한다고 했는데.

'내 예상이 맞다면.'

아마도 절대악의 특수 능력과 클래스가 그 강대한 기운에 저항하기 시작할 거다. 여태까지 그래왔듯.

-외부의 기운에 강화된 진 파천악심공이 저항합니다.

한주혁이 아무 생각 없이 이곳에 들어온 건 아니었다. 팬더가 위험하다고 경고할 정도면 분명 위험한 게 맞으니까.

'하지만 이곳은 절대악 본거지에 생긴 던전이지.'

앞선 관문에서 어떠한 단서도 찾을 수 없었다. 이곳에서도 마찬가지다. 막다른 길목까지 밀리는데. 단서가 없었다. 제9장로 팬더가 찾지 못했다면 그 누가 찾아도 찾지 못할 것이다.

'단서가 없다면.'

결국 몸으로 부딪쳐야 한다. 한주혁은 그때 한 가지 사실을 떠올렸다. 던전의 이름. 바로 '헌납하는 제단'.

제단은 제물을 바치는 곳이다. 절대악 본거지에 생겨난 던전. '신성한 중앙 제단'으로 업그레이드되고 필드가 확장되면서 생겨난 '헌납하는 제단'. 잿빛 마도사와 상당한 연관이 있는 곳.

'신성한 중앙 제단의 불꽃이 성좌를 덮쳤듯……'

이곳에서 뿜어지는 죽음의 안개는 절대악인 자신을 덮치는 게 맞겠다는 판단이 섰었다.

'이곳은 헌납하는 제단이니까.'

헌납. 사전적 의미로 돈이나 물건을 바친다는 뜻이다. 한주혁은 그 제물로 자신을 삼았다.

'그리고.'

한주혁은 한 가지 사실을 놓치지 않았다. 방금의 알림. '외부의 기운에 강화된 진 파천악심공이 저항합니다'라는 그 알림.

'불꽃 속성이 빠져 있다.'

만약 저항을 하려고 했다면 원래 이름인 '불꽃의 강화된 진 파천악심공'이 저항하는 게 맞다. 이렇게 나눠진 경우. 둘 중 하나다. '불꽃'의 힘이 아예 적용이 안 되든지.

'그도 아니면 이후에 추가적으로 저항속성이 더 부여되든지.'

한주혁은 확신했다. 반드시 후자라고.

-강화된 진 파천악심공의 또 다른 속성을 확인합니다.

-불꽃 속성이 죽음의 안개에 강력하게 저항합니다.

-불꽃의 강화된 진 파천악심공이 죽음의 안개에 일부 저항하는 데 성공하였습니다.

일부 저항에 성공했다는 말은, 또 일부는 저항에 실패했다는 얘기다. 그러나 한주혁은 지금 전혀 괴롭지 않았다.

'이건 내 스탯 덕분인가.'

합산 스탯 레벨 1000에 달하는 무지막지한 몸뚱어리 덕분에 그 어떠한 영향도 받고 있지 않는 것 같다. 쉽게 말해, 한주혁이 만약 아주 약한 상태로 이곳에 들어왔다면 어떻게 되었을지도 모를 일.

그런데 알림은 거기서 끝이 아니었다.

-1차 저항 조건을 만족하였습니다.

심공으로 저항하는 것이 1차적인 관문이었던 것 같다. 한주혁은 밖에서 대기하고 있을 팬더에게 귓말을 보내놓기로 했다. 시간이 오래 걸리게 된다면, 팬더는 무식하게 안으로 뛰어들 것이 분명했으니까.

-팬더.

그런데 귓말 전송불가지역이란다.

'아이씨. 귀찮게.'

하지만 한주혁에게 그런 조건은 의미 없다. 이건 그냥 귀찮은 설정일 뿐. 귀찮은 것 이상의 어떠한 악영향도 끼치지 못했다.

-스킬. 권능의 귓말을 사용합니다.

권능의 귓말을 통해 바깥까지 귓말을 전송했다.

-안에서 할 일이 있다. 밖에서 대기하도록.

당연히 대답은 들려오지 않았다. 권능의 귓말은 한주혁 고유의 스킬이고 제아무리 대단한 장로라 할지라도 귓말 전송 불가 지역에 귓말을 전송할 수는 없으니까.

그래도 말을 들은 이상 대답을 해야만 하는 팬더는 그 자리에서 힘차게 대답했다.

"알겠습니다. 밖에서 대기하겠습니다!"

죽음의 안개가 청각마저도 차단하는 모양이지만 그래도 괜찮았다. 어쨌든 주군께서 말씀하셨으면 대답은 해야만 하는 거니까.

"팬더. 무슨 대답인데 그렇게 우렁차게 해요? 혹시 오빠한테 귓말 왔어요?"

"그렇습니다. 안에서 할 일이 있으시다고 합니다."

한세아는 순간, 오빠를 걱정했던 자신이 바보처럼 느껴졌다. 아니, 바보처럼 느껴진 것이 아니라 바보라고 인정할 수밖에 없었다.

'그럼 그렇지.'

내가 저 인간을 걱정하다니. 걱정할 필요가 없는 오빠인데. 하기야. 걱정이라는 단어 자체가 어울리지 않는 사람이지 내 오빠는.

"팬더. 그런데 죽음의 안개는 아주아주 위험한 물질이라고 하지 않았어요?"

심지어 죽음의 안개가 뒤로 물러나고 있다. 거리가 꽤 멀어졌다. 대략 5미터 정도는 뒤로 후퇴한 것 같다.

한세아가 다시 물었다.

"진짜 엄청 위험한 물질인 거죠? 재앙이라고 표현할 만큼……?"

"……기록상으로는 그렇습니다만."

"그런데 오빠는 어떤 것 같아요?"

"정확히 파악할 수는 없으나……. 귓말상으로는 지극히 평온하셨습니다."

"……역시 그렇죠?"

"역시 그렇습니다."

팬더는 또다시 반성할 수밖에 없었다. 한 인물을 떠올렸다. 제1장로. 룩소가 입에 침이 마르도록 칭찬하는 그 남자.

'나는 루펜달보다도 못한 믿음을 가졌구나.'

후회했다.

'나는……. 루펜달을 명예 장로직에 앉힌다고 하여도 반대하지 못할 것이다. 회개하라. 팬더여. 믿음 없고 나약한 자여.'

한편, 죽음의 안개 내부에 있는 한주혁에게 알림이 이어졌다. 첫 번째로 '1차 저항조건'이 만족되었단다. 그 조건을 만족했을 때에 또 다른 무언가가 펼쳐지는 모양이었다.

'이곳과 관련지어 생각해 보면……'

어렵지 않게 유추할 수 있었다.

'내 클래스. 혹은 내 능력 등에 관한 검증이 이루어지겠지.'

그의 생각은 어김없이 들어맞았다.

-저항 조건을 만족한 플레이어의 클래스를 확인합니다.

-절대악 클래스를 확인합니다.

-2차 저항 조건을 만족하였습니다.

절대악의 본거지에 생긴 던전. 이곳을 클리어할 수 있는 사람은 오로지 절대악인 것 같다. 그것도 '자격을 갖춘' 절대악 말이다.

'성좌 던전 클리어 시에 성좌 클래스가 필수인 것처럼.'

절대악의 던전에 절대악이 필수인 게 뭐가 이상하랴.

'3차 저항 조건은……. 어쩌면 대군주.'

절대악의 능력 검증. 절대악의 기본 속성과 메인 시나리오에 비추어 살펴보았을 때 아마도 '대군주' 칭호가 가장 큰 검증에 들어가지 않을까 예상했다. 그리고 그 예상도 정확하게 일치했다.

-대군주의 칭호 여부를 확인합니다.
-대군주의 칭호를 확인하였습니다.
-3차 저항 조건을 만족하였습니다.

1차적으로 심공과 신체 스탯으로 저항. 2차적으로 클래스로 저항조건 만족. 3차적으로 칭호로 저항조건 만족.

'혹시 4차도 있나?'

4차가 있다면 뭐가 있을까 생각해 봤는데 지금 당장 떠오르는 것이 없었다. 죽음의 안개는 여전히 자신을 둘러싸고 있는 상황.

-죽음의 안개가 절대악의 능력을 확인합니다.

한주혁은 느낄 수 있었다. 시각은 완전히 차단되어 있지만 그의 기감이 느꼈다.

'농도가 짙어지고 있다.'

숨쉬기가 어려울 만큼. 강력한 독극물의 농도가 매우 짙어졌다. 마치 바닷속에 빠져 있는 것 같은 착각을 불러일으킬 정도였다.

'버텨보라. 이건가?'

신체능력만으로는 버티기 어려울 수도 있었다.

'쉽네?'

그런데 어렵지 않았다. 그에게는.

-말카노의 귀걸이가 악 속성 공격에 반응합니다.

말카노의 귀걸이. 그것도 암수 한 쌍이 세트로 이루어진 세계 12대 초인의 귀걸이가 있지 않은가.

'죽음의 안개는……. 악 속성 공격이네?'

원래부터 악 속성에 대한 내성이 굉장히 높은 한주혁이다. 그런데 여기에 더해 신급 아이템. 그것도 한 쌍이 악 속성 공격에 저항해 주고 있다.

-불꽃의 강화된 진 파천악심공이 저항합니다.
-말카노의 귀걸이가 저항합니다.
-불꽃의 강화된 진 파천악심공의 기운이 말카노의 귀걸이의

기운과 조화를 이루어 강력한 시너지 효과를 창출합니다!

그리하여.

-대단합니다!
-'죽음의 안개'의 공격에 완벽하게 저항합니다.
-'죽음의 안개'가 그 어떠한 힘도 발휘하지 못합니다!

그 대단하다는 죽음의 안개도 한주혁에게는 별 힘을 발휘하지 못했다.

'말카노의 귀걸이가 없었으면 조금 힘들었을 수도 있을까?'

그것까지는 모르겠다. 그러나 그걸 시험해 보겠다고 말카노의 귀걸이를 뺄 생각은 없다. 이게 없으면 얼마나 힘들지 궁금하지 않기로 했다.

-'죽음의 안개'에 이보다 완벽하게 저항할 수 없습니다.
-모든 저항 조건을 만족하였습니다.

한주혁은 너무나 손쉽게. 그다지 괴롭지도 않은 상태로 모든 것을 집어삼키는 죽음의 안개에 저항했다. 사실 저항이라고 할 것도 없었다.

그는 평온했다. H/P에는 미동도 없었고, 지금 느낌이 아주 별로라는 것만 제외하면 힘든 것도 없었다.

-'죽음의 안개'에 H/P가 생성됩니다.
-'죽음의 안개'에 특별한 설정값이 부여됩니다.

특별한 설정값 두 개.

-죽음의 안개는 악/마 속성의 공격에 반응하지 않습니다.
-죽음의 안개는 물리 공격에 반응하지 않습니다.

한주혁이 피식 웃었다.
'속성 방어에 이어 물리 방어까지 가졌어?'
이제 죽음의 안개는 하나의 몬스터로 봐도 된다. 속성 방어를 무시하는 구마도스 장갑이 있지만, 이것은 또 물리 공격에 속한다. 직접 타격방식이니까. 그것마저도 막아낸다는 소리다.
한주혁은 느낄 수 있었다.
'확실히.'
절대악 전용 던전인 것도 맞지만, 또 마냥 절대악 전용 던전인 것은 아니다. 애초에 태생 자체가 잿빛 마도사와도 연관이 있지 않은가. 게다가 첫 번째 관문도 '모호하고 다채로운'이고.
'내 능력이 필수로 필요하지만, 마냥 내 능력만으로는 어떻게 할 수 없다는 거지?'

한주혁이 방향을 잡았다. 권능의 귓말을 통해 귓말을 보내 났다.

-루나. 마법 준비해. 죽음의 안개 공격 가능하도록 활성화됐어.

눈이 안 보이고 청각도 차단되어 있는 데다가 이곳은 미로지만, 길을 잃지는 않았다. 만능 로프에 연결되어 있는 상태니까. 한주혁은 그 로프를 따라 움직였다. 죽음의 안개의 특성인지는 몰라도 한주혁은 꽤 멀리 떨어진 곳까지 이동해 있던 상태.

만약 로프로 몸을 묶어놓지 않았다면 길을 잃었을지도 모를 일이다. 한주혁이 죽음의 안개에서 튀어나왔다. 동시에 말했다.

"루나. 놈을 공격해."

"이미 해봤는데……. 잘 안 먹혀. 마법 방어에 대한 내성이 장난이 아니야."

"그래?"

그렇다면 다 방법이 있지.

"그럼 이렇게 하면 되겠네."

그사이 생명력(H/P)를 갖춘 죽음의 안개가, 잠깐 멀어졌었던 그것이 또다시 가까이 접근하기 시작했다.

한세아가 다급하게 물었다.

"어떻게 하는데?"

한주혁은 이곳 전체가 큰 틀에서 살펴보면 '모호하고 다채로운'이라는 하나의 방향성이라는 것을 가지고 흘러가고 있다는 사실을 이미 알아차렸다.

여기서의 '모호하고 다채로운'이란, 절대악과 잿빛 마도사의 조합을 뜻하고 있을 확률이 매우 컸다. 태생부터가 그러한 던전이니까.

"너도 이제 내 버프 받을 수 있잖아."

토러스 기병대의 대장 타우는 소환될 때마다 항상 감격에 감격을 더하고 있다.

주군의 버프 스킬. 바로 '악의 독려'가 자신을 항상 더욱 강하고 새롭게 만들어주는 것을 느끼기 때문이다.

"악의 독려?"

"맞아."

한주혁은 여유로웠다. 죽음의 안개가 자신에게 영향을 끼치지 못하는 것은 이미 인지했다. 생각해 보면 발록이든 이프리트든 문 타이거든 뭐가 됐든 항상 등장만 요란하고 사실은 별거 아니지 않았던가. 이제는 좀 방심이란 걸 해도 될 것 같기도 하다.

사실 마음만 먹으면 아직 2회 남아 있는 케르펀의 낙서장을 통해 설정값을 무시해도 된다.

그러한 방책까지 생각하고 있는 상태. 급할 것도 없고 긴장할 것도 없었다. 일단은 사용횟수 제한이 없는 악의 독려부터 사용하기로 했다.

-스킬. 악의 독려를 사용합니다.

한세아가 그 버프를 받았다. 그녀는 원래 성좌였다. 지금도 성좌의 자리는 유효하지만 속성이 모호해졌다. 앱솔루트 네크로맨서처럼 완전히 절대악의 편도 아니고, 다른 성좌들처럼 아예 성좌도 아니다. 어중간한 포지션. 달리 말하자면 이쪽과 저쪽의 힘 전부를 사용할 수 있다는 거다.

팬더 역시 한주혁의 버프를 받았다. 자신에게서 느껴지는 이 힘에 감탄할 수밖에 없었다.

'이것이…… 주군의 독려!'

몇 번 느껴본 거지만 받을 때마다 느낌이 새로웠다. 주군께서 가지시는 특수 스킬인 악의 독려는 자신을 훨씬 더 강대하게 만들어줬다.

'이 때가 바로 기회.'

기회가 왔다고 생각했다.

-스킬. 성분 분석을 사용합니다.

악의 독려를 받기 전 자신과 악의 독려를 받은 후의 자신은 완전히 다르다는 것을 인지한 팬더다.

'주군의 힘이 함께한다면.'

고문서에도 기록되어 있다. 이것은 자연재해급의 재앙이며 그 누구도 제대로 된 성분을 알아내지 못했다고.

'일종의 자연현상.'

이라는 설이 가장 유력한 상황. 하지만 지금의 자신이라면 얘기가 다르다.

'주군께서 도와주신다면 알아낼 수도 있다……!'

-성분 분석을 시작합니다.

성분을 알아낸다면 파훼법도 알아낼 수 있을 것이다. 현재로서 이 죽음의 안개에 적절하게 대처할 수 있는 사람은, 팬더가 알기로는 주군이 유일한 상태이지 않은가.

'주군과 함께하는 나는 위대한 일을 행할 수 있을 것이다!'

팬더가 자신의 역할에 충실하고 있을 때에 한세아는 깜짝 놀라야만 했다.

'뭐야. 이거?'

눈으로 보고 말로 듣기만 했지. 악의 독려를 실제로 받게 되자 느낌이 완전히 달라졌다.

'이걸 뭐라고 해야 돼?'

정확하게 표현하기는 어려웠다. 그런데 레벨이 300 정도는 한꺼번에 올라버린 것 같은 느낌이다. 구체적인 수치로 나타낼 수는 없었지만 한세아는 분명히 느낄 수 있었다.

'아. 뭐랄까. 마나가 움직이는 길이 보이는 거 같기도 하고.'

여태까지는 단순히 정해진 스킬을 사용했다. 말하자면 스킬은 '계산기' 같은 거다. 계산기가 있으면 수학을 못하는 사람도 계산을 할 수 있다. 숫자만 집어넣으면 결과값이 도출되니까. 플레이어들의 마법 활용이 그와 비슷하다. 그래서 제5장로 베르디가 마법사 플레이어들을 무시하지 않았던가.

'이거…… 느낌이 뭔가 다른데.'

알듯 말듯. 모호한 그런 기분이었다.

'뭔가…… 뭐지……?'

개념을 알듯 말듯.

'아직은 잘 모르겠어.'

모르겠지만 지금 해야 할 일은 안다.

-스킬. 세븐 라이트닝을 사용합니다.

한세아의 성좌 스킬. 세븐 라이트닝. 일곱 다발의 번개가 내리치기 시작했다.

'헉……!'

그런데 정작 스킬을 사용한 한세아가 깜짝 놀랐다. 눈앞에서 섬광이 터져 나왔기 때문이다. 예전과는 달랐다. 잿빛 섬

쾅. 그러나 색깔만 달라진 게 아니었다.

"이, 이게…… 내가 한 거야?"

일곱 다발의 번개라는 것에는 변함이 없었다. 그런데 그 다발 하나하나가 예전과는 완전히 달랐다.

'이건 마치…….'

번개 다발이 아니라 번개 기둥이 떨어져 내리는 것 같다. 굉장히 커다란 번개 기둥.

'와……!'

한세아는 마법을 운용하면서 침을 흘릴 뻔했다.

'이게 오빠가 가진 힘?'

그녀도 성좌로서 많은 경험을 쌓아왔지만 이 정도 버프는 처음 받는다. 예전 오빠가 해주던 공용버프와는 차원이 다른 느낌이다.

"오빠 진짜 사기네."

심지어 저 오빠는 버퍼도 아니지 않은가. 사실은 딜러에 가깝다.

'근거리 딜러?'

저 오빠의 미친 평타는 이미 전 세계적으로 유명하지 않은가. 말도 안 되는 주먹 말이다.

'근데 그건 그냥 봐줄 때 사용하는 거잖아.'

진짜 공격은 절대악 전용 스킬을 사용할 때다.

'그럼 원거리 딜러?'

원거리 딜러도 종류가 있다. 한 놈만 미친 듯이 잡는 단일개체 집중형 원거리 딜러와, 여러 놈을 한꺼번에 때려잡는 다개체 광역 원거리 딜러.

'근데 오빠는 둘 다 하잖아?'

둘 다 세계 톱급이다. 그런데 또 생각해 보니.

'아니…… 탱커인가?'

생각해 보니.

'힐러도 가능하잖아?'

공용 힐만 가능하긴 하지만. 그래도 레벨 1000대에 달하는 스탯을 가진 오빠다. 똑같은 검이라도 누가 쥐느냐에 따라 다른 것처럼 똑같은 스킬이라도 누가 운용하느냐에 따라 완전히 다르다.

'지금 보면 패스파인더한테도 그렇게 크게 꿀리지 않고.'

저 오빠. 도대체 정체가 뭐지. 내 오빠지만.

한세아는 순간 크게 깨달았다.

'아……!'

알았다.

'이 던전의 의미.'

오빠는 지금 여러 가지 의미로, 다각도로 해석을 하고 있는 모양이지만 한세아의 해석은 이러했다.

'우리 오빠야말로 모호하고 다채로움의 끝판왕이네.'

딜러도 아니고 탱커도 아니고 힐러도 아니고. 그렇다고 패스파인더도 아니고. 엄청 다채롭다.

'오빠 전용 던전이라는 거잖아?'

한세아의 몸에서 잿빛 마나가 뿜어져 나왔다. 그녀의 발밑에서 육망성 모양의 원형 마법진이 생겨났다.

"라이트닝 익스플로젼!"

죽음의 안개 밑으로. 계곡에서 물줄기가 뻗어 나가듯, 잿빛 마나가 순식간에 뻗어 나갔다. 바닥에 엄청난 숫자의 나뭇가지가 새겨진 것 같았다.

그와 동시에.

쿠과과광!

폭발음이 터져 나왔다.

성 속성 일부와 대부분의 뇌전 속성을 갖춘 거대한 폭발이 일어났다. 바닥에 새겨져 있던 잿빛 마나가 순식간에 지진을 일으키듯 위로 솟구쳐 올랐고 그것이 엄청난 폭발을 일으킨 것이다.

'와……! 진짜 이게 내 힘이라고?'

그녀는 순수하게 감탄했다. 토러스 기병대 대장 타우가 악의 독려를 받고 자신만만해하던 그 모습이 떠올랐다.

'이해가 되네.'

막상 자신이 받아보자 완벽하게 이해가 됐다. 이건 완전히 다른 세계였다. 말 그대로 신세계.

'마나 소모도 별로 없고.'

그만큼 마나 운용이 훨씬 쉬워졌다는 뜻. M/P 회복속도도 엄청나다. 심지어 스킬 쿨타임도 굉장히 많이 줄어들었다. 그에 따라 연계할 수 있는 콤보의 숫자가 훨씬 많아졌다.

다시 한번.

"세븐 라이트닝!"

그녀는 볼 수 있었다. 죽음의 안개에 표시되어 있는 H/P가 움직이기 시작했다는 것을.

'아까는 꿈쩍도 안 했는데.'

말 그대로 허공에 주먹질하는 것 같은 느낌이었는데 지금은 달랐다. 자신의 공격이 매우 유효적절하게 제대로 들어가는 것이 느껴졌다.

'한 10프로 깐 거 같은데.'

이 정도 속도면 대단히 빠른 속도다.

'금방 없앨 수 있겠어.'

역시. 오빠한테 버프받는 게 짱이구나. 루펜달의 마음이 정말 잘 이해가 돼. 그냥 오빠 옆에 껌딱지처럼 붙어 있어야겠다.

'내가 좀 더 레벨 올리고 강해진 다음에 버프 받으면⋯⋯. 뭔가 새로운 세계가 열릴 것 같단 말이야.'

그걸 위해서라도.

'그리고 내가 찰싹 붙어 있으면 기겁하겠지?'

'이오빠가내오빠다'로서의 역할도 충실히 이행하기로 했다.

"오빠. 근데 나 진짜 짱 세진 거 같아. 나 짱짱 세지? 나 많이 센 거 같아. 흐뭇해. 오빠 덕분이긴 하지만."

그런데 그때. 한세아는 황당한 상황과 마주해야 했다.

한주혁은 '악의 독려'를 사용하여 한세아의 능력을 끌어올려 준 뒤. 다음 방법을 사용했다. 케르핀의 낙서장은 최후의 보루다. 그건 지금 쓰기 아깝다. 그래서 다른 걸 사용하기로 했다. 한주혁의 오른손에 들린 것은 다름 아닌 세계 12대 초인의 신급 아이템. 성검 세니아다.

<성검 세니아>

세계 12대 초인 중 한 명이었던 세니아가 사용했던 명검. 달빛으로 연단한 명검으로 알려져 있다.

등급: 신

내구력: 무한

특수 능력: '어둠을 베다' 사용 가능

+상세설명

사용하는 주체는 한주혁이지만 이것의 기본적인 속성은 바로 신성 속성이다.

'그리고…… 어둠을 베다가 있잖아.'

＜상세설명＞

　　성검 세니아는 악/마 속성의 모든 생명체에게 매우 강력한 힘을 발휘합니다. 특수 스킬 '어둠을 베다' 스킬을 사용할 수 있습니다. '어둠을 베다'는 악/마 속성의 모든 생명체의 H/P를 50~100% 감소시킬 수 있는 '대(對) 악/마 속성'의 강력한 권능을 품고 있습니다.

　　이것은 일종의 아티팩트 스킬로서, 물리 공격이라고 보기 어렵다. 게다가 한주혁이 느끼기로 '죽음의 안개'는 악/마 속성일 확률이 매우 높았다. 그래서 한 번 사용해 보기로 했다.

　　-특수 스킬. 어둠을 베다를 사용합니다.
　　-스킬. 어둠을 베다는 시전자의 신체 능력과 비례하여 그 능력이 발휘됩니다.
　　-스킬. 어둠을 베다는 시전자의 최대 속성과 비례하여 그 지속성이 결정됩니다.

　　한주혁의 신체능력으로 위력이 정해지고, 한주혁의 속성으로 지속성이 정해진다는 얘기다.

　　-엄청난 수준의 잠재력을 확인합니다.

그에 따라 성검 세니아가 빛을 뿜었다. 한주혁의 뒤에 갑옷을 입은 거대한 거인이 나타났다. 높이 약 5미터. 하얀색 마나로 이루어진 그것은 오른손에 거대한 흰색 검을 들고 있었다. 상체는 또렷하게 보였는데 하체는 거의 보이지 않았다. 얼핏 보면 커다란 유령 같은 느낌.

-스킬. 어둠을 베다가 빛을 발합니다.

거인이 검을 휘둘렀다. 그와 동시에 검에서 하얀색 검풍이 일었다. 그것은 하나의 폭풍이었다. 한세아는 순간 마나 컨트롤이 흐트러져 콤보에 실패했다. 그녀의 로브가 세차게 휘날렸다.

"뭐, 뭐야?"

그리고 볼 수 있었다.

"헐……."

한세아는 더 이상의 마법 사용을 포기하기로 했다. 더 이상 콤보를 이어갈 수 없었다.

"뭐야 이거?"

왜 나한테 굳이 악의 독려 걸어주고, '나 짱짱 세지?'와 같은 허무맹랑한 자신감을 부어준 거야.

한세아의 눈에 똑똑히 보였다. 하얀색 검풍에 의하여 죽음의 안개가 잡아먹히는 광경을. 하얀색 검풍은 마치 사람의 핏줄처럼. 죽음의 안개를 파고들었다. 죽음의 안개 속으로 파고들은 그 성스러운 빛은 죽음의 안개를 녹여 버렸다.

'H/P가…… 거의 0이네.'

스킬 한 방에 녹여 버렸다. 한세아 자신은 악의 독려라는 희대의 명버프 스킬을 받고서 온갖 콤보를 활용하여 공격 중이었는데. 그 덕분에 내가 엄청 세다라는 느낌을 받았는데.

"오빠는 그냥 한 방이네……?"

거의 0이 아니라 진짜 0이 됐다. 결국 죽음의 안개는 그대로 소멸했다. 한세아는 조금 부끄러워졌다.

"오빠. 나 짱짱 세다는 건 취소할게. 나 사실 안 흐뭇해. 그냥 오빠 앞에서는 개미 똥이야. 인정."

"아냐. 너 짱 세."

"그게 날 더 기만하는 거야."

화려하고 멋진 콤보. 연속해서 이어지는 잿빛 뇌전의 향연! 수없이 내리치는 벼락기둥의 폭발적인 위력!

'……그딴 게 다 무슨 소용이야?'

어차피 오빠의 스킬 한 방보다 약해빠졌는데. 한세아에게 알림이 들려왔다.

-보스 몬스터급에 해당하는 '죽음의 안개'를 처리하는 데 성공하였습니다.

팬더는 못내 아쉬웠다.

'시간이 좀 더 있었다면 더 정확하게 알아낼 수 있었을 텐데.'

그런데 한 가지는 느낄 수 있었다.

'죽음의 안개 어딘가에서…… 인위적인 느낌을 받았다.'

자연현상으로 인하여 만들어진 것은 아니라는 얘기다. 어떤 인위적인 마나 흐름이 느껴졌다. 그 마나의 흐름 속에서 느껴지는 마나의 성질이 알 듯 말 듯했다.

'성좌…… 와 비슷한 느낌을 받은 것 같은데.'

죽음의 안개가 완전히 걷혔다.

-죽음의 안개가 완전히 소멸되었습니다.

-위대한 업적입니다!

-죽음의 안개를 완전히 소멸시킨 것에 대한 보상이 주어집니다.

몬스터의 형태가 아니기에 아이템 드랍의 형식을 취하지는 않았다.

'이쪽이 오히려 좋네.'

한주혁의 행운상, 어지간하면 아이템이 드랍되지 않으니까. 인벤토리로 직접 쏴주는 보상 형식이 훨씬 좋다. 한주혁이 인벤토리를 열었다.

'인벤토리.'

인벤토리를 확인했다. 한주혁이 의미를 알 수 없는, 애매한
미소를 지었다.

'이게…… 뭘 의미하는 거지?'

인벤토리에는 하나의 상자가 들어와 있었다.

7장
절대악이 미로를 탈출하는 법

인벤토리에는 하나의 상자가 들어와 있었다. 크기 자체는 그렇게 크지 않았다. 손바닥 위에 올라갈 정도의 작은 크기. 이름이 꽤 독특했다. '생명의 숨결 상자'가 아이템의 이름.

<생명의 숨결 상자>

생명의 숨결이 담긴 상자입니다. 생명의 숨결이 기본 20알이 제공됩니다. 생명의 숨결은 축복의 여신 가이아의 숨결로 이루어진 알약입니다. 생명의 숨결은 죽음의 안개에 강력한 내성을 가지고 있습니다.

효과: '죽음의 안개'에 저항

저항시간: 1알/30분

현재 보유량: 20/20

재생성 시간: 1알/24시간

한주혁은 여기서 한 가지 사실을 캐치했다.

'이게 의미하는 건……'

이걸 분명히 사용할 일이 있다는 얘기다. 여태까지 그래왔다. 절대악 VS 7개의 성좌 시나리오를 진행해 가면서 느껴왔다.

절대악과 성좌들의 싸움은 일종의 타이밍 싸움이다. 누가 먼저 자신에게 유리한 공격수단을 갖느냐, 또 그에 대해 어떤 방어수단을 갖느냐. 보통 공격권이 성좌에게 있고 방어권이 절대악에게 있는 형태로 진행되고 있다.

'서로가 서로에게 피해를 입힐 수 있는 수단이 주어지는데.'

그 타이밍이 절묘하게 맞아 떨어지는 구석이 있다. 지금까지의 상황을 돌이켜 보면 분명히 그랬다.

'케르펀의 낙서장이나 기병대. 구마도스 장갑이나 말카노의 귀걸이.'

그러한 것들을 적절한 시기에 정확하게 얻지 못했다면 지금 웃고 있는 것은 절대악이 아니라 성좌가 되었을지도 모를 일이다. 성좌들의 직접 무력은 절대악에 비할 바가 못 되지만, 그래도 성좌들은 성좌들만의 방식으로 절대악을 공략할 수 있으니까.

'지금 이러한 시기에 생명의 숨결이 담긴 상자가 주어졌다라……'

그리고 아까 팬더가 아쉬워했었다. 자신의 실력이 조금만 더 뛰어났다면 그러면 죽음의 안개의 성분을 분석할 수 있었을 것이라고. 간략하게 보고도 들었다. 인위적인 느낌이 느껴진다고. 그런데 그 인위적인 느낌이 성좌들의 마나와 비슷한 부분이 있다고.

'그것도 한 알이 아니라 여러 알.'

기본적으로 20알이 제공된다. 그리고 24시간마다 1알이 추가로 주어진다.

"팬더, 루나. 너희들에게 주어진 보상은?"

확인해 보니 셋 다 '생명의 숨결'을 얻었다. 다만 한주혁이 얻은 생명의 숨결은 24시간마다 1개가 생성되어 최대 20개를 보관할 수 있는 보관할 수 있는, 말하자면 영구적인 속성을 가지고 있다.

"나는 10개 기본 제공이야."

"저는 3개 기본 제공입니다."

한세아와 팬더가 받은 것 보상은 일시적인 보상이었다. 말하자면 1회성.

한세아가 고개를 끄덕였다.

"기여도에 따라 차등적으로 지급된 거 같네."

그녀 스스로도 이게 당연하다고 생각했다. 자신이 스킬들의 향연을 펼치며 그렇게 노력했지만 결국 H/P를 10프로 정도 깎은 게 전부다. 그에 반해 오빠는 스킬 한 방으로 죽음의 안개를 녹여 버리지 않았던가.

한주혁이 씨익 웃었다.

'절대악과 성좌와의 싸움은 한 수. 한 수. 서로의 카드를 꺼내 들면서 싸우게 되어 있는 형태.'

여태까지의 양상이 그러했고 앞으로도 그럴 확률이 높다.

'어쩌면 놈들에게 새로운 힘이 생길지도 모르겠어.'

그리고 최악의 상황도 한 번 가정해 봤다.

'놈들에게 이 힘이 생긴다면.'

그러면 절대악 자신과 직접 전투를 하지는 않겠지. 어떻게든 다른 식으로 우회해서 치고 들어올 거다.

'그러한 상황에 미리 대비해 놓는 게 좋겠어.'

이제 슬슬 이 메인 시나리오의 진행 흐름도 알겠다. 모르면 모르되, 알면 두렵지 않다. 어디 한번 두고 보기로 했다. 놈들의 재롱을.

충성충성충성. 그러니까 3충성은 루펜달의 후임으로 발탁되었다. 그 사실이 외부로 공표되지는 않았다. 충성충성충성은 여전히 인터넷 논객으로 활동하고 있다.

그가 이렇게 주장했다.

-절대악이 비밀 사찰단을 운영하고 있다.

이것의 시초는 하나의 동영상이었다. 앱솔루트 네크로맨서가 '강자존'이라는 하나의 연합을 박살 내버렸다.

-폴리모프 포션이라는 아주 비싼 포션을 활용해 가면서. 굳이 번거로움을 무릅쓰고 진행했다. 이것은 약간의 힘을 가진 채 약한 플레이어들을 핍박하고 이익을 독차지하려는 이들에게 경종을 올리기 위함이다.

사실 그런 건 아니다. 천세송은 지금 그냥 몬스터 사체들이 필요했을 뿐이고. 마침 가까운 던전. 몬스터가 아주 많이 나오는 던전이 있었을 뿐이다.

사람들이 많이 알아보는 게 부담스러워 폴리모프 포션을 사용한 거다. 비밀 사찰이라든가 그런 거창한 이유는 전혀 없었다.

-부정과 부패를 깡그리 뿌리 뽑고 부도덕한 이익을 얻으려는 자들은 이제 조심해야 할 것이다. 절대악이 괜히 서민들의 영웅으로 불리는 게 아니다.

원래 절대악에 대해 약간 부정적에 가까웠던 인터넷 논객 3층성은 이제 '절대악 영웅설'에 더욱 힘을 실어줬다.

그리고 '비밀 사찰단' 설은 매우 유력하게 수면 위로 떠올랐다. 절대악 열풍은 꺼질 줄 몰랐다.

곳간 풍족자 열비람이 동의를 표했다.

-아주 정확하게 상황을 읽고 있는 것 같다.

곳간에서 인심 난다고 했다. 곳간 풍족자 열비람은 그 자리
에서 정확한 분석을 하고 있는 3층성에게 1,000만 원을 입금
한다고 공표하고, 3층성은 그 1,000만 원 받은 것을 인증하면
서 열기가 더욱 뜨겁게 불타올랐다.

마르칸의 딸이 물었다.

"아빠. 지금 소문 진짜야?"

마르칸은 요즘 행복하다. 저녁 있는 삶. 행복을 보장받는
삶. 이게 다 절대악 덕분이다. 딸과도 정말 많이 친해졌다. 이
제는 같이 저녁을 먹으러 나가기도 한다. 그는 이것을 딸과의
데이트라 강력하게 주장하고 있다.

"무슨 소문?"

"절대악 비밀 시찰설."

"……"

행정적인 업무를 주로 담당하고 있는 마르칸은 이에 관하여
전혀 듣지 못했다. 시르티안에게도 언질이 없었다.

'그냥 독단적으로 진행하신 거 같은데……'

왠지 그런 느낌이다. 모를 때에는 그냥 이렇게 얼버무리는

게 최고다.

"업무상 말해주기 어려워."

마르칸의 딸은 대학교 2학년이 되었다. 대학교에서도 온통 어딜 가도 절대악 얘기뿐이라고 했다.

"근데 앱솔루트 네크로맨서랑 절대악이랑 진짜 사귀는 거 맞지?"

"음……."

맞긴 맞는데. 거의 공표된 사실이나 다름없긴 한데. 그래도 상관이자 사장님의 사생활을 내가 말해도 되나? 마르칸은 잠깐 고민에 빠졌지만 이내 고개를 끄덕였다.

"앱솔루트 네크로맨서 올림푸스 보정 때문에 그렇게 예쁜 거야? 아니면 실제로도 그렇게 예뻐?"

"나도 실제로 본 적은 없어서 잘 모르겠네."

아빠 눈에는 네가 더 예뻐. 라고 말하려고 했지만 입이 떨어지지 않았다. 지극한 딸 사랑을 가진 아버지이지만 이 정도 수준의 거짓말을 할 수는 없었다. 최후의 양심이었다.

"아빠. 나도 이만하면 좀 예쁘지 않아? 나중에 혹시라도 절대악이랑 앱네랑 헤어지면 나 소개 좀 시켜주면 안 돼? 나 진짜 팬인데."

지금은 팬. 기회가 되면 여자 친구가 되고 싶은 의향도 얼마든지 있다.

"어…… 예쁘지."

예쁘다. 마르칸의 눈으로 본 딸은 정말 예뻤다. 실제로 사람들도 예쁘다고 한다. 어릴 적에는 유아 모델로 활동까지 했었다.

'그래도 마리안 님에 비하면……'

말하자면 자신의 딸은 인간계에서 제일 예쁜 정도고, 마리안은 천상계에서 제일 예쁜 정도라고나 할까.

"예쁘긴 한데……. 못 먹을 감은 찔러보지도 않는 게 정신건강에 이로울 거야."

단호하게 못을 박았다. 어차피 오를 나무. 오르지 않는 게 좋다. 절대악과 자신은 아예 사는 세상이 다르다. 오죽하며 절대악이 손짓 한 번 하면 태풍이 일고 산사태가 일어난다는 표현까지 있을까.

"절대악이 기침하면 세계 증시가 요동치고 절대악이 응원 한 번 하면, 대통령이 바뀌는 거. 너도 알지?"

"……그 정도야?"

아직 대학교 2학년인 그녀는 아빠가 좀 과장하는 거라고 생각했다. 절대악이 어마어마하게 대단한 남자라는 건 알지만 그래도 세계 증시가 요동치고 대통령이 바뀐다니.

"일부러 좀 오버하는 거 같은데?"

하여튼 약속은 받아내기로 했다.

"만약 둘이 헤어지면 나 꼭 소개시켜 주기야."

"그래. 알았다."

마르칸은 일단 알았다고 했다.

어차피 그가 보기에 둘은 안 헤어진다. 보아하니 조만간 결혼도 할 거 같다. 아마도 절대악 VS 7성좌 시나리오가 완료되거나, 더 나아가 제국과의 결전까지 치르고 난다면. 그때쯤 되어 안정화 시기에 들어가면 결혼을 할 거라고 막연히 생각하고 있다.

딸이 스파게티를 오물거리다가 꿀꺽 삼켰다. 그리고 조금 민망한 듯 말을 덧붙였다.

"아니…… 그렇다고 막 둘이 헤어지라고 비는 건 아냐. 나 그렇게 나쁜 애 아닌 거 알지? 아빠 딸, 제법 바른 여자야."

2번 성좌 기천은 신중할 수밖에 없었다. 유리아가 어떻게 되었는지 똑똑히 봤기 때문이다. 이미 2번의 죽음을 맞이했다. 3번은 안 된다.

"제가 직접 움직이기는 좀 어렵습니다."

애초에 직접 움직이는 클래스도 아니다. 그의 클래스는 '만능의 유희꾼'. 아이템과 관련하여 여러 가지 능력을 발현시키는 능력을 가지고 있다. 이브이를 강탈한 것도 그의 능력 중 하나였고.

"제국의 도움만 좀 있으면 죽음의 안개를 활성화시킬 수 있습니다."

다만.

"절대악을 직접 치기보다는 절대악의 영지들을 공략하면서 절대악의 위상을 떨어뜨리는 것이 좋을 것 같습니다. 클래스 명답게. 정말 악으로 몰고 가야 합니다."

일단 그는 절대악과 마주하면 안 됐다. 무조건 도망 다녀야 했다. 획기적인 한 방을 먹일 수 있는 게 아니라면.

태르민이 고개를 끄덕였다.

"플레이어들을 활용하면 좋겠군."

죽음의 안개를 활성화시키려면 제물이 필요하다. 플레이어의 목숨. 여기서의 목숨이란 해당 플레이어의 '존재'를 뜻한다. 다시 말해, 델리트를 시킨다는 소리다.

"예. 뭐. 제물은 널리고 널렸으니까요."

하루 실종자 수가 수십만이 넘는데 그깟 델리트 좀 몇십 명 시킨다고 세상이 어떻게 되지는 않는다.

"정말 운이 좋은 경우에는 플레이어가 실제로 사망할 수도 있습니다. 확률은 불과 1퍼센트가 채 되지 않습니다만."

"……"

실제로 사망까지 한다면? 게임 속에서 플레이어를 정말로 죽일 수 있다면? 그런데 그게 절대악의 소행이라면?

"바로 일 진행시키겠습니다."

야금야금. 플레이어들을 제물로 바치고 제국의 도움을 얻어 죽음의 안개를 활성화시킬 거다. 절대악의 주요 영지들을 잡아먹고, 이 모든 것들이 절대악 때문이라는 흉흉한 소문을 퍼뜨릴 거다. 지금의 '영웅설'은 틀렸다고. 영웅이 아니라, 사실은 개새끼라는 소문을 퍼뜨릴 거다.

기천은 속으로 생각했다.

'높이 올라간 자는…… 떨어질 곳도 많다는 얘기다.'

죽음의 안개는 플레이어와 NPC를 모두 잡아먹는다. 생명체를 다 삼킨다. 플레이어의 델리트 확률도 70퍼센트가 넘는다.

절대악을 믿고 절대악의 영지에 둥지를 틀었는데, 절대악이 활성화시킨 악 속성 안개에 잡아먹힌다? 델리트된다? 절대악 영웅설이 순식간에 사그라들 거다.

"절대악이 플레이어를 잡아먹으며 성장하는 클래스라는 소문도 퍼지게 하면 좋겠군."

선동은 쉬우니까. 증거는 그다지 중요하지 않다. 상황과 결과만 있으면 이유나 증거 따윈 아무래도 좋다.

"예. 다행히 죽음의 안개는 절대악의 속성과도 너무나 잘 맞아떨어집니다. 얘기를 만들어내기 참 쉬울 겁니다."

헌납하는 제단.

한주혁은 이곳에서 '보스 몬스터에 해당하는' 죽음의 안개를 몰아냈다. 한세아의 표현을 빌리자면 이번에도 푹찍푹찍

푹억푹억이었다. 죽음의 안개 따위는 오빠에게 그 어떠한 위해도 끼치지 못했다.

요란한 등장과 동시에 소리 없이 사그라들었다. 그러나 문제는 아직 남아 있었다.

한세아가 중얼거렸다.

"문제는 이 미로를 어떻게 통과하느냐인데……."

한주혁에게도 딱히 뾰족한 수는 없어 보였다. 팬더가 죄송한 듯 고개를 떨구었다.

"죄송합니다. 미로의 구조가 지나치게 복잡하여……."

"시간이 오래 걸린다는 뜻이군."

"그렇습니다."

팬더는 자책했다.

'내 실력이 더 뛰어났다면 주군의 시간을 아껴드릴 수 있을 터인데.'

팬더가 생각하기에 주군의 1초는 다른 평범한 사람들의 10년 이상의 값어치를 가진다.

지극히 주관적인 관점이지만, 팬더뿐만 아니라 많은 사람들이 그렇게 생각하기도 한다. 정말 단순하게 시급으로만 계산해도 그 이상의 가치를 가진다.

"예단하기는 어려우나…… 최소 30일 정도의 시간이 걸리지 않을까 예측합니다."

30일. 주군의 30일은 일반 사람들의 30년. 아니, 300년 이상의 귀중한 시간이다. 시간이 곧 돈이고 황금이다.

주군이 주먹 한 번 휘두르면 블랙 스톤이 떨어지는데 30일 동안 주군을 탈출시키지 못한다는 것 아니겠는가.

'운이 좋다면 20일.'

그래도 넉넉잡아 30일은 필요할 것 같았다. 한주혁이 어깨를 으쓱했다.

"그래?"

30일이라. 팬더가 저렇게 말할 정도면.

'30일 이내에는 정확한 길을 찾을 수 있다는 거겠지.'

넉넉잡아 30일이라는 얘기다.

'너무 길어.'

그사이 성좌들과 태르민. 그리고 제국이 어떤 변화를 일으킬지 모를 일이다. 제국의 정세도 시시각각 변하고 있는 상황 아닌가.

"가장 빠르게 클리어한다면 얼마나 걸리지?"

"제가 탐색해 본 바에 의하면 아무리 빨라도 20일은 잡아야 할 것 같습니다."

그렇단 말이지.

한주혁이 고개를 끄덕였다.

"그러면 지금 당장 클리어한다."

팬더는 한주혁을 쳐다봤다. 주군께서 말씀하시는 것이니 방법은 분명 있을 테지만 어떻게?

'주군께······. 어떤 방법이 있는 거지?'

패스파인더. 길을 찾는 클래스인 그는 예상하지 못했다. 한주혁의 방법을. 아니. 한주혁만이 가능한 방법을 말이다.

팬더는 두 눈을 비벼야만 했다.

'이럴 수가······!'

한주혁은 미로에 들어온 시점에서부터 이미 확인해 놓은 상태다.

-공격할 수 없는 대상물입니다.

올림푸스는 엄연히 게임의 형태를 띠고 있으며 공격할 수 있는 것과 공격할 수 없는 것이 시스템 설정값으로 설정되어 있다. 이 미로에 세워진 벽들은 '공격할 수 없는 대상'에 속해 있으며 원래대로라면, 아무리 강력한 플레이어라도 벽을 공격할 수는 없는 법이다.

한주혁이 아이템을 꺼내 들었다.

케르핀의 낙서장.

<케르핀의 낙서장>

질서 없이 아무렇게나 작성된 특별한 낙서장. 아무런 질서가 없어 보이지만 그 안에 내재된 낙서의 힘은 강력한 권능을 가진다.

효과: 모든 시스템 효과 무시

사용 횟수: (1/3)

모든 설정값을 무효화시키는 횟수 제한성 아이템. 이제 2회 남았는데 지금은 그걸 아낄 때가 아니다. 어차피 언젠가는 쓰라고 갖고 있는 아이템이다.

"오빠. 진짜 그거 쓰게?"

"아끼다가는 똥 돼."

쓸 때는 써야 한다.

-케르핀의 낙서장을 사용하시겠습니까?

케르핀의 낙서장을 사용하여 '공격 불가능한 설정'을 공격 가능하도록 변경했다. 1회가 소모되었고 이제 남은 횟수는 1회.

한주혁. 한세아. 팬더에게 동시 알림이 들려왔다.

-'모호하고 다채로운 미로'의 설정값이 변경됩니다.

-'모호하고 다채로운 미로'의 '공격할 수 없는 대상' 설정값이 '매우 강력한 성벽' 설정값으로 전환됩니다.

한세아가 인상을 살짝 찡그렸다.

'공격할 수 없는 것에서……'

말하자면.

'공격하기 매우 어려운 걸로 바뀐 거네?'

만만하지 않은 것 같다.

'혼자서는 성벽을 절대 못 부숴.'

원래대로라면 그렇다. 기본 설정은 그랬다. 절대악이 등장하기 전. 200년 동안 혼자서 성벽을 깨부순 사람은 단 한 명도 없었다.

한주혁은 구마도스 장갑을 끼고서 벽을 툭툭 건드려 봤다. 상세설명 정보가 머릿속에 입력되었다.

-매우 강력한 성벽입니다.

-매우 단단한 성벽입니다.

-통상적인 방법으로는 무너뜨릴 수 없습니다.

마치 이렇게 얘기하는 것 같았다. 이건 정말 엄청난 성벽이야. 그러니까 소용없어. 그따위 꼼수는 통하지 않아.

한주혁이 씨익 웃었다.

"그렇단 말이지?"

만약 이 자리에 루펜달이 있었다면 이렇게 외쳤을 거다. '닥쳐라, 이 좆밥새끼야!'라고.

'하필이면 성벽 속성이라니.'

절대악을 위한 던전이 맞기는 맞는 것 같다. 성벽은 여러 군

데에 동시타격이 들어가야만 데미지를 먹는다. 어지간해서는 공략하기가 어렵다.

그러나 한주혁은 아니다.

-스킬. 마성격을 사용합니다.

한주혁에게는 한주혁이 인정하는 사기급 스킬이 있다. 파성격과 수성격이 융합된 스킬. 바로 마성격이다.

시스템이 말하는 '평장히 강력한 성벽'은 한주혁의 마성격 앞에 순식간에 녹아내렸다.

쿠구구구구궁-!

성벽으로 설정되어 있는 벽들이 보라색 번개에 부딪쳐 부서졌다.

마성격을 통해 들어가는 데미지는 한주혁의 M/P를 회복시켜 준다.

-스킬. 아수라극천무를 사용합니다.

안 그래도 사기급 스킬인 마성격에 아수라극천무가 더해졌다. 육안으로 보이는 모든 곳에, 아수라파천무보다는 약하지만 가히 궁극기라 부를 수 있을 정도의 데미지를 주는 스킬.

팬더는 넋을 잃고 한주혁의 자태를 감상했다.

'역시 주군은 태양이시다.'

미로가 있다? 길이 어렵다? 시간이 오래 걸린다?

'미로를 없애 버리면 그만이다.'

팬더는 일종의 쾌감까지 느꼈다. 그래. 네까짓 놈이 아무리 강력한 성벽이어봤자 스카이 데블의 주군 앞에서는 그 어떤 기세도 펼치지 못할 것이다!

검은색 안개와 보라색 번개. 흑빛 마나의 폭풍 속에서, 눈앞에 보이는 모든 것들이 사라져갔다.

한세아는 할 말을 잃었다.

"……."

'그래. 뭐. 이제 이 정도로는 놀랍지 않아.'

"……."

'그냥 뭐. 미로 있으면 부수고 지나가는 거지. 다른 사람도 우리 오빤데 뭐.'

"……."

'그냥 뭐. 방향 잡기 어려우니까 일직선으로 뚫는 것도 아니고 존재하는 모든 미로를 박살 내면 그만이지 뭐.'

"……."

'그러면 이렇게 허허벌판이 나타날 거야.'

"……."

그녀는 발견할 수 있었다.

"오빠. 저거. 혹시 우리가 봤던 그거 아니야?"

누군가가 실종되는 것은 그렇게 대단한 일이 아니다. 1년에 실종자 수가 수십만이다. 아무리 정보화 시대이고 기술이 발달했어도, 그 실종자를 전부 찾는 건 불가능한 일이다.

애초에 찾을 수도 없다. 그리고 그 수십만 명 중에 끽해야 수십 명 없어지는 것은 누구도 신경 쓰지 않는다. 애초에 신경 쓰지 않을 법한 사람만 알아서 잘 고르기도 하고.

"문제 되지 않게 잘 처리했습니다."

"잘했어."

단순히 델리트가 되면 좀 시끄러워질 수 있다. 절대악이 아서 재단을 통해 델리트된 이들을 각별히 보호하고 있으니까.

"실종으로 처리될 겁니다."

"좋다."

숭고한 희생자(기천의 눈으로 보면 숭고한 희생이다)들을 먼저 발탁하고 그들을 꼬드겨 델리트시킨다. 가진 것도 없고 지식도 별로 없는 개돼지들은 널리고 널렸다.

약간의 달콤한 보상만 제시하면 얼마든지 꼬여 든다. 죽을 줄 모르고 달려드는 나방들처럼. 델리트가 된 이후는 시끄러워질 수 있으니 조용히 처리한다. 시체도 찾을 수 없을 거다. 시체 자체가 사라졌을 테니.

"다음 단계를 실행한다."

가장 먼저 공략할 곳은 바로 토러스다. 프루나는 경비가 워낙 삼엄하여 힘든 구석이 있다. 하지만 토러스는 상대적으로 괜찮다. 드라군이 지키고 있다만, NPC들은 그리 어렵지 않게 진입할 수 있다. 제국의 도움을 얻어 토러스에 진입했다.

"토러스 필드의 구석에 씨앗을 뿌려놓았습니다. 조만간 안개가 피어오를 겁니다."

슬슬 여론도 움직여야겠지. 절대악이 사실은 플레이어들을 잡아먹으면서 성장하는 클래스라는 소문을 여기저기 뿌리고 있다. 씨앗만 잘 뿌려주면 된다.

"그리고…… 좋은 소식이 하나 있습니다."

"혹시 사망자가 나왔나?"

제물을 바치는 와중에 사망자가 발생한다면 그것보다 좋은 게 없다. 이미 올림푸스에서 플레이어를 실제 사망에 이르게 할 수 있다는 건 알고 있는 사실. 대공이 그렇게 했었다.

"예. 1명이 실제로 사망했습니다."

애초에 심각한 영양 불균형과 지방간, 당뇨 등 몇몇 위험인자를 품고는 있는 놈이라고는 하지만 어쨌든 잘됐다. 기천은 그렇게 생각했다.

"아주 좋군."

이게 다 절대악 때문이다. 그렇게 만들어야 했다. 기득권은 전부 이쪽 편이다. 신귀족 프로젝트에 찬성하던 수많은 기득권들. 그 기득권에는 검찰도 포함되어 있다. 명분만 주면 검찰도 움직인다.

미국이 지키든, 러시아가 지키든. 어쨌든 적합한 명분으로, 한국이 공권력을 행사하면 절대악을 보호하지는 못할 거다.

"예. 또한 죽음의 안개도 잘만 퍼진다면 델리트와 더불어 사망까지도 노려볼 만한 것 같습니다."

토러스 필드의 구석. 몬스터도 없고 그 어떤 보상도 없어서 플레이어들의 발길이 없는 곳에 검은색 안개가 피어오르기 시작했다.

현존하는 공성전 최강의 스킬 마성격. 마성격으로 미로를 전부 쓸어버린 한주혁이 주위를 둘러봤다.

한세아의 말이 들려왔다.

"오빠. 저거. 혹시 우리가 봤던 그거 아니야?"

'그거'라 함은 바로 네모난 석판을 의미하는 것이었다. 돌로 이루어진 정사각형 형태의 발판. 맨 처음 카드를 선택할 때에도 이 발판이 있었다. 죽음의 안개가 활성화되어 막다른 골목에 몰렸을 때에도 저 발판이 있었고. 무엇인가 특별한 지점을 의미하는 것 같았다.

"저쪽으로 간다."

이제 이곳은 허허벌판. 아무것도 없다. 성벽은 내구도가 다 해 사라진 지 오래.

발판 위에 올라섰다.

-축하합니다.

-경이로운 속도로 미로를 탈출하였습니다.

한세아는 어이가 없어 웃고 말았다.

'이걸 탈출이라 해야 돼?'

어찌어찌 빙빙 돌아 이 석판까지 오는 것이 이 미로의 끝인 거 같긴 한데. 길을 찾아 뚫는 것도 아니고 그냥 눈앞을 가로 막는 모든 것을 부숴 버린 것이 과연 미로를 탈출했다고 볼 수 있는 것인지 모르겠다.

더 황당한 알림은 그 이후에 이어졌다.

-'헌납하는 제단'의 최종 클리어 조건을 만족하였습니다.

한세아는 귀를 의심했다.

'엥?'

이 미로는 중간단계라고 생각했다. 이 이후에 분명 뭔가가 더 있을 거라고 생각했는데. 최종 클리어란다.

팬더가 말했다.

"아마도…… 성벽 내부에 던전을 구동하는…… 코어에 해당하는 무엇인가가 있었을 확률이 큰 것 같습니다. 따라서 던전이 더 이상 존재할 수 없게 되었고, 그에 따라 이후의 과정이 생략된 것 같습니다."

팬더는 그렇게 결론을 내렸다. 그것 말고는 설명이 안 된다. 그 역시 이런 황당한 종류의 최종 클리어는 처음 본다. 세계의 200년 상식만 깨뜨린 게 아니라, 최상급 NPC의 상식마저도 깨부숴 버렸다.

한주혁이 씨익 웃었다.

"어쨌든 클리어라는 거잖아."

알림이 늦어지고 있다.

"보상 시스템 가동이 늦어지는 것으로 보아…… 시스템의 예측 범위를 벗어난 것 같습니다."

그래도 이곳을 운영하는 주체는 세계의 신비. 제우스다. 예측 범위에서 조금 벗어났다고 하여 오류가 생길 일은 없다.

추가적인 설명 알림이 들려왔다.

-'헌납하는 제단'의 최종 관문은 '비어버린 제단'입니다.
-'비어버린 제단'을 활성화하기 위하여 플레이어가 소지하고 있는 모든 아이템과 몬스터 스톤이 필요합니다.

한주혁은 황당했다.

'뭐라고?'

성좌 퀘스트 던전은 엄청 좋은 것만 팍팍 주던데. 절대악 퀘스트 던전은 뭐 이따위인가 싶다.

'다음부터는 클리어하지 말까……'

진지하게 그런 생각이 들 정도다. 심지어 친절하게 알려줬다. 한주혁이 팬더에게 말했다.

"다음부터 헌납 글자가 들어가는 던전은 들어가지 않는다."

"아, 알겠습니다. 주군."

성좌들이 절대악을 상대하기 위해 생긴 아이템들. 신급 아이템들도 한주혁에게 있는 상황. 이게 전부 없어졌다면 골치 아파질 뻔했다.

"오빠. 행운 마이너스인 거 맞지?"

"어. 일단은."

"아무리 봐도 행운 마이너스가 아닌 거 같아."

물론 단순히 운빨이라고 보기에는 어려웠다. 케르핀의 낙서장. 절대악의 능력. 빠른 결단력. 이 모든 것들이 없었다면 여기까지 못 왔다.

-비정상적인 클리어가 확인됩니다.

-보상의 폭이 대폭 감소합니다.

-경이로운 속도를 확인합니다.

-보상의 폭이 소폭 상승합니다.

한주혁은 차라리 잘됐다고 생각했다. 아무리 보상이 좋아도 세계 12대 초인의 아이템과 몬스터 스톤을 모두 소비하는 것보다는 보상을 좀 적게 받는 게 나았다.

-'헌납하는 제단' 최종 보상이 산정되었습니다.
-레벨업 포인트 20개가 보상으로 주어집니다.
-레벨업 포인트는 즉시 적용됩니다.
-현 보상으로 주어지는 레벨업 포인트는 스탯업 구간을 무시합니다.

한주혁에게 알림이 이어졌다.

-레벨이 올랐습니다.
-레벨이 올랐습니다.
-레벨이 올랐습니다······.

무려 레벨 20이 순식간에 올랐다. 한주혁도 어안이 벙벙해질 정도. 이쯤 되면 새로운 스킬 하나쯤은 활성화될 법도 한데 스킬이 활성화되지는 않았다.
다만, 다른 알림이 들려왔다.

-경이로운 클리어 속도와 경이로운 레벨업 속도가 확인되었습니다.

-헌납하는 제단의 보상이 시스템 보상과 결합되어 진행됩니다.

'경이로운 속도' 조건이 '헌납하는 제단 보상'과 융합된 형태로 진행되는 것 같다. 한주혁도 이런 형태의 보상은 처음이다. 처음 듣는 알림까지 들려왔다.

-본 보상에는 시스템이 직접 개입합니다.

시스템이 직접 개입한다는 것. 그것은 곧 제우스가 이 보상을 직접 관장한다는 얘기다.

'뭔데 이렇게 거창해?'

그리고 그 보상은 거창할 만했다. '절대악 VS 7개의 성좌' 시나리오의 진행을 한 번에 뒤틀어버릴 수 있을 정도의 보상이었다.

8장
내가 이긴다니까?

-본 보상에는 시스템이 직접 개입합니다.

시스템이 직접 개입하는 보상. 한주혁은 그 보상을 기다렸다.

-시스템이 현재의 상황을 시스템의 기준에 따라 분석합니다.
-현재의 상황이라함은 '절대악 VS 7개의 성좌' 시나리오의 흐름을 의미합니다.

그리고 시스템은 곧 제우스다. 제우스가 '절대악 VS 7개의 성좌' 시나리오의 흐름을 직접 파악하고 그에 따라 분석한다는 얘기였다.
'메인 시나리오에 직접 관여하겠다는 건가?'

이상할 건 없다. 적어도 올림푸스에서 제우스는 이 세계의 전지전능한 신이다. 아마도 인공지능이라 짐작되는 그것(여의도의 돔 안에 있는 그것. 여전히 정체를 알 수 없는 세계의 미스테리)은 이 세계를 관장하고 있는 시스템이니까.

-절대악 플레이어에게 한 가지 특전을 부여합니다.
-절대악 플레이어의 스킬들 중 한 가지를 선택하여 새로운 수식어를 하사합니다.

'스킬들 중 한 가지를? 새로운 수식어?'
스킬들 중 한 가지를 고르겠다는 건 알겠는데. 거기에 새로운 수식어를 붙인단다.
'꼬꼬의 경우와 비슷하겠네.'
꼬꼬의 경우. 불꽃 속성이 추가되면서 모든 스킬에 '불꽃의'라는 수식어가 붙게 됐다. 이것도 그와 비슷한 형태인 것 같았다.

-새로이 부여되는 수식어는 '경이로운'입니다.

경이로운 클리어 속도. 그에 따른, 스탯업 포인트에 구애받지 않는 레벨업 포인트 20개. 덕분에 순식간에 올라버린 20레벨. 이것 역시 경이로운 레벨업 속도.
이 모든 것들로 인하여 '경이로운' 수식어가 하나의 스킬에 부여된다는 거다.

'혹시……'

한주혁은 한 가지 스킬을 떠올렸다. 가지고는 있되 제대로 활용하기는 어려운 스킬이 하나 있다.

과거 푸락셀과의 프루나 대전투에서 한주혁은 순식간에 레벨을 118까지 올렸던 적이 있다. 레벨 100에서 118까지. 단 몇 초 만에 올렸었다.

그때 얻었던 스킬이 종종 사용하고 있는 '악의 결계'와 '악의 추적'이었다. 악의 결계는 자주 사용하고 있는데 악의 추적은 사실 사용할 일이 많지 않았다. 성좌들의 위치를 파악하려고 몇 번 시도는 했는데 그때마다 실패했었다. 절대악에게 위치를 찾는 스킬이 있다면, 성좌들에게는 그를 방어하는 스킬이 있는 것 같았으니까.

'그러고 보니.'

눈에 보이지 않던 커다란 흐름 하나가 보였다. 절대악 관련 메인 시나리오의 흐름.

'그때도 이와 비슷한 보상이 있었지.'

바로 '칸브라암의 혈통을 이은 칸브라암의 후손을 처단하라' 퀘스트. 그것 역시 절대악의 메인 시나리오 퀘스트 중 하나였는데, 그것을 통하여 '퀀텀의 비약'을 얻을 수 있었다.

<퀀텀의 비약>

스킬을 획기적으로 강화할 수 있는 훌륭한 비약입니다.

사용 조건:

  1) 레벨 99 이상

  2) 일정 수준 이상의 Suffénus(악명) 필요

그걸 통해 수성격과 파성격을 하나로 모아 마성격이라는 희대의 사기급 스킬을 탄생시키지 않았던가.

'이것 역시 내 스킬을 하나를 강화하는 형식.'

큰 흐름에서 보자면 같이 흘러가고 있는 거다. 메인 시나리오. 비슷한 보상. 그때와 차이가 있다면 그때는 플레이어 본인이 스킬을 선택했고 이번에는 제우스의 자의적 판단하에 스킬이 자동으로 선택된다는 것.

'내가 만약 제우스라면.'

제우스가 만약 절대악 VS 7개의 성좌 퀘스트에서, 절대악에게 유리할 수 있는 보상이 무엇인지에 대하여 객관적으로 판단을 내린다면.

'그러면 악의 추적이다……!'

그리고 그의 판단은 제우스의 판단과 정확하게 일치했다.

-시스템의 판단하에, '경이로운' 수식어가 부여될 스킬을 선정하였습니다.

-'경이로운' 수식어는 '악의 추적'에 부여됩니다.

-'악의 추적' 스킬이 '경이로운 악의 추적' 스킬로 상향조정됩니다.

그와 동시에 화면이 바뀌었다. 말도 안 되는 방식으로, 너무나 어이없게 절대악 던전을 깨버린 한주혁은 주위를 둘러봤다.

'진짜 깼네?'

이후에 있을 다른 관문들을 모조리 그냥 돌파했다. 한세아는 그저 허허- 하고 웃었다.

실제로 이렇게 웃었다.

"허허허."

황당해서 이렇게 웃고 있는 거다. 공격할 수 없는 시설물을 케르핀의 낙서장으로 바꿔 버린 뒤 모든 벽을 무식하게 때려 부수는, 말도 안 되는 플레이를 선보이는 오빠가 우리 오빠라니.

한세아가 말했다.

"오빠…… 나 스킬 업그레이드됐다……?"

좋긴 좋다. 그냥 좋은 게 아니라 아주 많이 좋다. 이렇게 좋을 수가 없다.

"경이로운 수식어가 붙었어."

한주혁과 같은 형식이었다. 같은 보상이 주어진 듯했다.

"부활 스킬에 '경이로운'이 붙었다?"

그냥 부활도 아니고 경이로운 부활이란다.

"델리트 사망한 플레이어를 1회에 한하여 되살릴 수 있다?"

델리트 당하면 올림푸스 플레이는 그걸로 끝이다. 새로운 캐릭터를 만들어 키우든지, 아니면 접든지. 둘 중에 하나다. 대부분 평생 키워온 캐릭터가 델리트당하면 삶이 파탄 난다.

"한 플레이어를 여러 번 되살리는 건 불가능한데, 여러 플레이어를 한 번씩 되살리는 건 가능해."

한세아는 이 스킬이 굉장한 사기 스킬이라는 걸 머리로 알고 있다. 델리트를 무효화시킬 수 있는 스킬이라니. 정말로 여벌의 목숨을 갖고 다니는 것과 다름없지 않은가.

근데 신비로운 것은.

'별로 사기처럼 안 느껴져.'

1억 원은 큰돈이다. 그런데 1,000억 원 앞에서 1억 원은 그렇게 크게 느껴지지 않는 법이다. 한세아는 스스로의 사기급 스킬에 그렇게까지 감탄하지는 않았다. 좋다는 걸 머리로는 알고 있는데 옆의 오빠가 워낙에 사기급이다 보니, 이게 그렇게 사기라고 느껴지지는 않았다.

'미치겠네. 사기급 스킬 맞는데. 왜 별로 안 대단하게 느껴지지?'

좋은 말로 하자면 강제적으로 겸손하게 됐다는 뜻이다. 인터넷에서 유행하는 말. '절대악 아래 만민이 평등하다.' 그 말이 자신에게도 예외 없이 적용되는 것 같았다.

한주혁은 한세아의 보상을 듣고서 생각했다.

'성좌 진영이 원래대로면……. 성좌에게 좋았어야 했네.'

당장 말카노의 귀걸이만 하더라도 악, 마 속성 공격을 거의 다 막는다고 보면 된다. 만약 이게 한주혁 자신이 아니라 성좌에게 들어갔다면 굉장히 까다로웠을 거다. 그런데 여기에 '카운터 델리트' 권능까지 포함되어 있다.

원래대로라면 성좌쪽에 '카운터 델리트'와 더불어 '경이로운 부활' (절대악과 방법은 달랐겠지만 어떤 식으로든 얻었을 것이다)의 콜라보가 존재했어야 했던 거다.

"오케이. 알겠어."

이제 몸을 좀 더 사리지 않아도 되겠다. 정말 만에 하나, 델리트 되더라도 되살릴 수 있으니까. 최소 1개의 목숨이 있는 셈이니까.

"근데 오빠도 스킬에 경이로운 수식어가 붙었다고 하지 않았어? 뭐야?"

"악의 추적."

"악의 추적? 그거 별로 쓰지도 못하는 그 스킬?"

한 번 봤던 플레이어나 NPC를 추적하는 스킬. 성좌를 찾지 못해 의미가 없었던 스킬이다.

"거기에 경이로운…… 이 붙었어?"

한세아가 두 눈을 꿈뻑거렸다. 그렇다는 말은 곧.

"그건 곧……."

설마.

한세아의 눈을 본 한주혁이 피식 웃었다. 한세아가 무슨 생각을 하고 있는지 알겠다. 한주혁은 고개를 끄덕였다.

"맞아."

한주혁의 웃음이 짙어졌다.

"아주 괜찮은 스킬이야, 이게."

처음에는 별로였는데 '경이로운'이 붙고 나니 확실히 경이로 워졌다.

"성좌의 방어 스킬을 뚫어버렸네?"

그렇다는 말은 곧.

"성좌들의 위치가 느껴져."

정확히는 2번 성좌 기천. 4번 성좌 Siri와 5번 성좌 채순덕. 느껴진다.

그런데 재미있는 건.

"다 같이 한자리에 모여 있네? 무슨 회의라도 하는 모양인데?"

그랬는데 다 그런 건 아니었다. 누군가가 움직였다.

'이 느낌은…… 기천?'

'경이로운 악의 추적'은 성좌들이 어디에 있는지 대략적으로 알게 해줬다. 여태까지는 번번이 실패했었는데. 많이 발전한 거다.

조금 시간을 두고 느껴봤다.

'기천만…… 토러스 쪽으로 이동했다는 거지.'

이쪽을 의식한 건지는 몰라도 토러스 쪽으로 잠깐 움직였다가 바로 몸을 내뺐다.

'요것 봐라?'

기천은 특수한 클래스다. 직접 전투와는 상관이 없는 클래스. 아이템과 관련한 특수 능력들을 가지고 있다. 아이템을 활용하여 전투에 도움을 주는 클래스. 이름까지는 파악 못했지만 대략적인 성격은 파악한 한주혁이다.

'토러스에…… 인적이 굉장히 드문 필드가 있었지?'

계곡 형태.

'내 예상이 맞나?'

절대악과 성좌는 한 수, 한 수가 맞부딪치게 되도록 설정되어 있다. 여태까지 절대악이 항상 한 수. 아니, 두 수 이상을 앞섰기 때문에 피해를 입지 않은 것뿐. 만약 한주혁이 늦었다면 성좌들에게 크게 한 방을 맞았을 거다.

'토러스는 절대요새라고도 불리지.'

'절대악의 강력함'을 상징하는, 말하자면 절대악의 대표적인 영지다. 토러스의 지형과 성격을 생각했을 때 한 가지 떠오르는 게 있었다.

'죽음의 안개…… 가 떠오르네?'

한주혁은 기천의 위치를 추적했다. 중국 쪽 대륙으로 이동했는데, 대륙 간 추적까지는 불가능한 듯했다.

'그래도 중국 기반 대륙으로 이동했다는 것까지는 알겠어.'

그 정도는 느껴졌다. 이 정도만 해도 충분했다. 아마 중국 기반 대륙으로 넘어가서 또다시 스킬을 사용하면 더욱 정확한 위치를 찾아낼 수 있을 거다.

"오빠. 어떻게 할 거야?"

성좌들의 위치를 알겠다. 한주혁이 대답했다.

"한 자리에 여러 명이 모여 있잖아?"

모여 있으면 장땡 아닌가. 몰이사냥. 그것참 좋은 거다. 느껴지는 숫자는 총 5명이다. 방해장이 펼쳐져 있는 건지, 이따금 감각이 흐려지기는 하지만 숫자는 확실했다. 5명.

'이유는 모르겠지만. 잘됐지 뭐.'

느껴지는 숫자는 총 4명이다. 아는 성좌 둘. 그리고 모르는 이 둘. 기천이 빠졌다는 것을 생각하면, 어쩌면 기천을 제외한 나머지 성좌 네 명이 한자리에 모여 있을지도 모를 일이다.

"지금 바로 쳐들어가게? 혹시 위험하지 않을까? 아직 발견 못 한 성좌들도 있잖아. 능력이 어떤지 모르는데."

"괜찮아."

한주혁은 여유로웠다.

"내가 이겨."

전투 결과창을 활성화시켰다.

<전투 결과>

　　1. 1번 성좌 ? (0/3)

　　2. 2번 성좌 기천 (2/3)

　　3. 3번 성좌 ? (0/3)

4. 4번 성좌 Siri (0/3)

5. 5번 성좌 채순덕 (2/3)

6. 6번 성좌 ? (0/3)

7. 7번 성좌 루나 (1/3)

+상세설명

가장 먼저 눈에 띈 것은 바로 1번 성좌가 '?'로 변했다는 것. 그런데 그 1번 성좌가 루펜달이다. 루펜달을 만나면 아마 성좌 발견 보상이 주어지게 될 거다. 아주 좋다. 바람직한 보상이다.

한주혁은 팬더에게 한 가지 명령을 내렸다.

--……알겠습니다, 주군.

팬더가 어디론가 움직였다. 그리고 한주혁은 힐스테이를 벗어났다. 한주혁에게는 장로와 동생 말고도 든든한 지원군이 또 있다.

"부르셨습니까?"

그 지원군의 이름은 다름 아닌 이주랑. 위치를 찾는 능력의 절대악. 그리고 그 위치까지 순식간에 이동할 수 있도록 만들어주는 워프 마스터. 둘의 조합은 그 어떤 조합보다 강력한, 적어도 도망 다니는 누군가를 잡아내는 데 매우 탁월한 힘을 발휘할 것이 틀림없었다.

"위치는 제가 전송할게요."

"위치 파악 완료했습니다."

아직 성좌로서 실전경험이 거의 없는 루펜달은 일단 뺐다. 이 자리에 모인 사람은 한주혁, 천세송, 한세아, 이주랑이었다. 펫까지 치면 꼬꼬까지.

한주혁이 피식 웃고 말았다.

'이걸 운이 좋다고 해야 할지.'

동생은 동생이니까 무조건 못생겼는데. 어쨌든 세상 사람들은 엄청 예쁘다고 말한다. 천세송은 말할 것도 없고 이주랑도 마찬가지. 세상 사람들은 꽃밭에 둘러싸였다며 부러워할 것이 틀림없었다. 실제로 남초 사이트들을 중심으로 '절대악 하렘설'까지 만들어내고 있는 판국이니까.

한주혁이 말했다.

"그럼 이동하죠."

성좌 둘의 느낌은 여전히 유효했다. 모여 있는 숫자는 여전히 넷. 이주랑도 한세아와 비슷한 말을 건넸다.

"괜찮을까요?"

성좌가 무려 네 명이나 한자리에 모여 있다면, 그것도 본진에 있는 거라면 어떠한 대비를 했을지도 모를 일이지 않은가. 한주혁이 또 비슷하게 대답했다.

"괜찮아요. 내가 이겨요."

이주랑이 아주 잠깐 난색을 표했다.

"잠시만 기다려 주십시오."

한주혁이 고개를 끄덕였다. 자신의 '악의 추적' 스킬도 막아냈던 성좌들이다. 워프 마스터 이주랑의 워프를 방해하는 일종의 방해장을 펼쳐놓았다고 해도 이상할 것은 아니었다.

"워프가 불가능한가요?"

워프가 힘들다면 걸어가도 된다. 워프 게이트를 타고 타고. 시간이야 좀 걸리겠지만 충분히 된다.

"아뇨. 시간이 조금 걸립니다."

다른 것보다도 워프에만 특화된 클래스. 이주랑은 정신을 집중했다.

'마나 방해장.'

워프를 하려고만 하면 자꾸만 정확한 좌표가 머릿속에서 지워졌다. 워프를 불가능하게 만들고 있는 상황.

'정말로 성좌들이 모여 있다면.'

그러면 반드시 성공시켜야 한다. 성좌들이 곧 태르민 일가라고 생각하고 있는 상황. 태르민 일가를 한자리에 모아서 섬멸할 수 있는 상황 아닌가. 한주혁에게는 특수강화된 이브이도 있고, 사용 횟수가 제한되어 있는 델리트 권능도 있고, 한세아에게는 마찬가지로 델리트 권능이 있다.

'지금이 바로 적기.'

한자리에 모여 있는 지금.

'반드시 성공시켜야 해.'

이주랑은 정신을 집중했다. 마침 필드에서 세찬 바람이 불어 이주랑의 검은색 긴 생머리가 바람결에 휘날렸다. 천세송은 그러한 이주랑의 모습을 보면서 순수하게 감탄했다.

'저 언니. 진짜 멋있다.'

뭐랄까. 20대 초반인 자신은 가지지 못한 진짜 '어른미' 같은 게 느껴진다고나 할까.

'나는 아직 약간 애 같은데.'

이제 갓 20살이 되었다. 성인이 되면 진짜 어른이 되는 줄 알았는데. 그것도 아닌 것 같다.

'나도 저 언니처럼 멋있어져야지.'

그와 동시에 오빠 간수를 잘해야겠다고 다짐했다. 저 오빠. 너무 잘나서 탈이다. 너무 잘난 탓에 또 너무 잘난 여자들이 주위에 포진하고 있다. 사실 친동생인 한세아를 제외하면 이 주랑과 NPC인 베르디밖에 없지만, 천세송이 위기감을 느끼기에는 충분했다.

심지어 예전에는 무슨 꽃뱀 같은 여자 하나가 들러붙지 않았던가.

'채송화…… 였던가?'

그러고 보니 요즘 좀 잠잠한 거 같긴 한데.

'아, 맞다.'

생각해 보니 또 세계적인 여배우, 아름답기로는 둘째라면 서럽다는 할리우드 스타 올리비아가 절대악의 광팬이라며 꼭 한 번 만나보고 싶다는 인터뷰까지 했었다.

'오빠 단속 잘해야 돼.'

집착이나 구속은 안 되지만 단속은 해야겠다.

'단속하려면 내가 더 잘해야지.'

다른 사람보다 훨씬 더 잘해서 오빠가 다른 사람은 눈에 차지도 않게 만들어야겠다. 그렇게 다짐 아닌 다짐을 할 무렵. 이주랑이 빠르게 말했다.

"워프하겠습니다."

아주 짧은 시간. 워프 포인트 지정에 성공했다. 오래 얘기할 여유는 없었다. 금방 다시 포인트가 흐려지니까. 바로 워프했다.

워프가 끝난 뒤. 한주혁은 주위를 둘러봤다. 원탁이 보였다. 원탁에 앉은 4명의 사람이 보였다.

알림이 들려왔다.

-새로운 성좌를 발견하였습니다.

-다르크가 전투 결과창에 추가됩니다.

-축하합니다!

-새로운 성좌 발견 보상으로 24시간 동안 모든 획득 보상이 2배로 증가합니다.

전투 결과창이 업데이트됐다.

<전투 결과>

1. 1번 성좌 ? (0/3)

2. 2번 성좌 기천 (2/3)

3. 3번 성좌 다르크 (0/3)

4. 4번 성좌 Siri (0/3)

5. 5번 성좌 채순덕 (2/3)

6. 6번 성좌 ? (0/3)

7. 7번 성좌 루나 (1/3)

+상세설명

한주혁이 주위를 살폈다. 이곳은 실내였다. 커다란 홀처럼 보였다. 천장에는 황금빛 샹들리에가 보였다. 하얀색 기둥도 보였다. 상당히 고급스러운 곳이었다.

그런데 조금 이상한 점이 있었다.

'분명 기천은 중국 쪽 대륙으로 이동했는데.'

워프 직전까지 그렇게 느꼈는데 눈앞에 보이는 사람은 분명 기천이었다.

다시 말해, 이곳에 모여 있는 사람은 기천. 다르크, Siri, 채순덕, 그리고 노인 한 명.

'아까 느낀 건 뭐였지?'

중국 쪽으로 넘어갔다가 바로 이곳으로 온 건 아닌 것 같고.

'중국 쪽에서도 기천의 기척이 느껴지는데.'

눈앞에 보이는 것도 기천. 그리고 중국 쪽에서 느껴지는 것도 기천. 몸을 둘로 나누는 어떤 이상한 스킬이라도 갖고 있는

13

건 아닐까. 약간 의아한 부분이었다.

'그것 외에도 재미있는 건.'

이곳이 위치하고 있는 '블랑디아' 영지는 플레이어에게 공개되지 않은 제국 소속의 영지라는 것이다. 정확하게 말하면 '특별한 퀘스트'를 가진 플레이어만이 입장할 수 있는 곳이다. 특별한 퀘스트를 통해 특수한 조건을 만족시킨 플레이어에 한하여 들어오는 곳.

'원칙적으로는 공개되지 않은 필드인 블랑디아 영지에 이만한 규모의 홀을 가지고 있다라.'

그리고 또 생각해 보면 이주랑의 능력이 대단한 것이기도 했다. 원래 워프는 '한 번 이상 가봤던 곳'에 한하여 이동이 가능하다. 원래대로라면 그렇다.

하지만 워프 마스터인 이주랑은 아닌 듯했다. 한주혁이 전해준 위치전송을 통하여 포인트를 잡고 성좌의 방해장을 뚫고서 이동했다.

주위는 조용했다. 한주혁이 뚜벅뚜벅 걸었다. 원탁의 의자를 빼 들고 그 자리에 앉았다.

"하던 얘기, 마저 하시죠? 성좌 여러분."

"……."

Siri는 지금의 상황을 믿기 힘들었다. 회의 중이었는데 갑자기 절대악이 모습을 드러냈다. 그러고서 이곳이 제집 안방인

양 여유롭게 굴고 있다.

'여긴 어떻게…….'

워프 마스터 이주랑의 도움이 있었다고는 해도 힘들 텐데.

"……."

"……."

잠시간의 침묵이 이어졌다. 한주혁은 그사이 이곳 스캔을 끝마쳤다.

'별다른 함정은 보이지 않아.'

다만 특별한 것은, 원탁 아래. 바닥 부근에 낯이 익은 것이 보였다. 히든 던전인 '헌납하는 제단'에 있던 '네모난 형태의 돌로 이루어진 바닥'이다.

전체적으로 고급스러움이 뚝뚝 묻어나는 홀의 형태를 하고 있는 곳. 원탁 아래에 정말 생뚱맞게도 저 돌로 만들어진 네모난 바닥이 위치하고 있었다.

'이게 뭘 의미하는 걸까?'

헌납하는 제단에서 봤던 것과 비슷한 형태의 것이 이곳에도 있다라. 누군가 입을 열었다.

"반갑군."

한주혁이 그를 쳐다봤다.

'이 느낌 아주 묘해.'

성좌는 아닌데 성좌와 같이 있으면서, 아주 묘한 느낌을 주는 이 남자. 정말로 처음 받는 느낌이다.

'이미지가 안 잡혀.'

눈으로 보고 있는데 보고 있지 않은 것 같은 묘한 기시감이 들었다. 눈으로 보이는 건 노인의 모습이긴 한데. 또 머릿속으로 저 노인을 그려보려면 저 노인의 모습이 그려지지 않았다. 머릿속으로 생각했을 때 저 노인이 청년처럼 그려지기도 하고 또 소녀처럼 그려지기도 하고. 시각이 엉망진창이 된 것 같은 그런 괴상한 느낌.

'눈으로 보고 있는 건 확실한데.'

시스템적으로 어떠한 영향을 끼치고 있는 건가. 모여 있는 성좌들. 노인. 괴상한 능력.

"당신이 태르민?"

"허허허."

그 남자는 맞다 아니다를 대답하지 않았다. 그저 '허허' 하고 웃었다. 굉장히 여유로운 것처럼.

"직접 인사하는 것은 처음인 것 같군. 반갑네."

"나는 별로 반갑지 않군요."

귀족들 중의 귀족. 신귀족들 뒤에서 그들을 조종하며 대한민국을 암중에서 움직였던 인물. 아직 대중들에게 그 실체를 까발리지는 못했지만 실존하는 인물인 그를 만났다.

한주혁이 혼잣말처럼 중얼거렸다.

"여기서 뭐하고 있었을까……?"

어쩌면.

"또 죄 없는 사람들 델리트시켜서 강해질 생각만 하고 있었을까?"

아니면.

"하등 쓸모도 없는 중상모략으로 선동질을 하려고 하고 있었을까?"

피식 웃었다.

"이를테면 토러스에 파견 나간 기천을 통해서?"

한주혁도 아직 확신은 없다. 예상만 하고 있을 뿐. 굳이 이런 말을 던진 것은 정보를 얻기 위해서다. 태르민이야(남자가 직접 자신이 태르민이라고 말하지는 않았지만 태르민으로 확신하고 있다) 표정 변화가 없었지만.

'채순덕의 표정이 변했네.'

채순덕은 그렇지 않았다. 애초부터 타깃은 채순덕이었다. 당황하면 그 모든 것이 표정에 드러나는 저 여자 말이다.

'저러고도 로얄 귀족이라니.'

이걸로 하나는 건졌다.

'기천이 뭔가 목적을 갖고 토러스로 파견된 것은 맞네.'

태르민이 또다시 허허 하고 웃었다.

"나를 상대로 떠보기를 하는 것인가?"

당신 딸이 너무 단순해서 말이야. 그렇게 대답하는 대신.

"떠보기라고 생각해?"

라고 대답했다. 한세아는 침을 꿀꺽 삼켰다. 오빠는 대단히 여유로워 보이지만 상황은 그렇게 여유로운 것 같지 않았다.

'저 미친 아줌마가 조용히 있네.'

저 남자. 괴상한 느낌의 저 남자 앞에서는 공손한 것 같다. 저 남자가 정말 태르민이라면, 대한민국의 끝판왕 같은 그런 느낌 아닌가. 성좌들이 있는 자리에 태르민이 있는 것이야 이상한 게 아니지만 태르민을 직접 눈앞에서 보자 긴장이 될 수밖에 없었다.

이주랑도 긴장하기는 매한가지였다.

'절대악은 이 상황에서도 굉장히 평온해 보인다.'

더 정확하게 말하자면.

'여유로워 보인다.'

천하의 태르민을 앞에 두고서 말이다. 천하의 성좌들을 앞에 두고서도 말이다.

'역시.'

할아버지인 구본부가 절대악을 일컬어 영웅을 넘어 왕이 될 인재라고 입에 침이 마르도록 칭찬했다. 물론 여기서의 왕이란 절대왕정 시대의 왕과는 약간 다른 개념이기는 했지만 어쨌든 이주랑은 할아버지의 말을 몸으로 체감할 수 있었다.

'저 나이에 저 정도의 여유라니.'

따지고 보면 한주혁은 이제 겨우 27살. 그래 봤자 자신보다 동생이다. 자신이 누나라는 소리다.

'내가 절대악과 같은 힘을 가졌다 해도. 저렇게 여유로울 수

는 없을 것 같다.'

조급해하지 않는 게 눈에 보였다. 상대가 무슨 짓을 해도 대처할 수 있다는 자신감이 느껴졌다. 먹잇감을 눈앞에 두고 있는 호랑이 같다고나 할까. 호랑이가 토끼 앞에서 긴장할 리는 없지 않은가.

'절대악은 정말……'

아주 오래전. 할아버지가 절대악을 좀 어떻게 해보라고 할 때, 시늉이라도 해볼걸 그랬다. 지금이야 천세송과 한주혁의 사이가 굉장히 단단한 상태이고 그것을 건드릴 생각도 없지만, 오래전에는 그렇지 않았으니까.

저도 모르게 천세송을 쳐다볼 수밖에 없었다. 저런 남자를 감당할 수 있는 여자. 어려서인 건지 아니면 그냥 순수해서인 건지 그건 모르겠다.

확실한 건 천세송이 한주혁처럼 부담스러운 남자와 잘 만나고 있다는 것. 둘 사이는 예전보다 훨씬 더 끈끈해졌다는 것.

'잘 어울려. 둘은 정말 잘 어울리는 한 쌍이다.'

그래서 그 둘 사이를 파고들 생각은 하지 않았다. 다만 아쉬웠다. 지금 눈앞의 한주혁은 실로 제왕이라는 단어와 잘 어울리는 남자였으니까. 지금 절대악의 옆. 천세송의 자리가 만약 자신이었다면 어땠을까, 라는 부질없는 생각을 잠깐 했다가 이내 그 생각을 지워 버렸다.

그때. 태르민이 입을 열었다.

"힘에 자신이 있으니 이곳까지 이렇게 왔겠지. 적의 본거지로 말일세."

한주혁이 어깨를 으쓱했다.

"물론."

지금 역시 자신 있다. 이건 허세 따위가 아니었다. 이곳에 쳐들어온 것은 허세가 아닌, 자신감의 발로였다.

"그렇게 자신이 있는데 공격하지 않는다는 건 어떻게 해석을 해야 하지?"

단순 공격으로 한 번 정도 죽이는 것은 의미 없다는 걸 잘 알고 있을 거다. 이곳은 현실이 아니며, 죽어도 되살아나는 게임 속 세상이니까.

한주혁도 여유로운데, 태르민 역시 여유로웠다. 태르민이 말을 이었다.

"정보를 얻기 위함이겠지. 나와 성좌들에 대한 정보. 그리고 한 번의 일시적 죽음으로는 의미가 없다는 것도 알 테고. 기천에 대한 정보까지 얻을 수 있으면 더할 나위 없이 좋을 게야."

태르민이 한주혁의 눈을 똑바로 쳐다봤다. 한주혁 역시 태르민의 눈을 쳐다봤다. 둘의 눈이 허공에서 부딪쳤다.

태르민이 말했다.

"절대악이 나를 당장 칠 생각은 없어 보이니. 내가 먼저 대화를 한 번 신청해 보는 것이 어떨지."

한주혁의 기감이 뭔가를 잡아냈다.

'대화 신청?'

저 말이 나옴과 동시에 채순덕과 Siri. 그리고 새로이 알게 된 성좌 다르크의 몸이 움찔 떨렸다. 육안으로는 보이지 않지만 한주혁의 심안에는 정확하게 잡혔다. 굉장히 미세했지만 셋 모두에게 반응이 있었던 것으로 보아 '대화 신청'이라는 것에 뭔가가 있기는 있는 모양이었다.

그도 아니면.

'뭔가 귓말로 얘기를 나누며 뭔가를 꾸미고 있다든지.'

그러한 상황도 염두에 뒀다. 태르민의 말이 들려왔다.

"어떤가? 잠시 나와 대화를 좀 해보겠는가? 서로에게 굉장히 건설적이고 유용한 얘기가 될 게야."

그와 동시에 한주혁에게 알림이 들려왔다.

-'대화 신청'이 시작되었습니다.

-'대화 신청'은 거부할 수 없습니다.

-'대화 신청'에 의하여 '대화와 평화의 장'이 설립됩니다.

한주혁은 이미 느끼고 있었다. 이곳에 모여 있는 성좌들이 도망갈 듯한 모양새를 취하지 않았다.

'도망을 안 간다는 건 믿을 만한 구석이 있다는 거지.'

어떠한 대비가 되어 있는 상태라는 것을 이미 알고 있었다. 다만 한주혁이 그것에 반응하지 않은 것은, 이들이 어떠한 대비를 했더라도 깨부술 자신이 있었기 때문이다.

-'대화와 평화의 장'에서는 PVP가 불가능합니다.
-'대화와 평화의 장'의 지속시간은 6시간입니다.
-'대화와 평화의 장'에서 PVP를 강제로 진행할 시, 강력한 페
널티가 주어집니다.

한주혁은 피식 웃었다. 대화를 하자더니. 어떤 꿍꿍이가 있
는가 했더니 PVP 불가존을 선포하는 것인 듯했다.
'일부러 공격하면 이쪽에 강력한 페널티가 주어지는 거고.'
상황 파악은 다 됐다. 한주혁이 말했다.
"대화? 우리 둘 사이에 대화가 필요한 부분이 있었나?"
"먼저. 한 가지 제안을 하지."
태르민은 한주혁을 처다봤다. 그는 여전히 여유로웠다. 여
유롭게 입을 열었다.
"이 나라의 왕이 되고 싶지 않나?"
한주혁은 어깨를 으쓱했다.
"별로."
"하긴."
왕이 되려고 했다면 이미 됐을 거다. 지금도 왕 부럽지 않은
위세를 가지고 있다. 그것도 국민들의, 아니 전 세계적으로 지
지받는 왕의 위세를.

"우리가 협력하기만 한다면 이 나라가 아닌 전 세계를 지배할 수 있을 것인데. 자네 생각은 어떻지?"

"전 세계를 지배한다라."

"그렇지. 전 세계를 우리의 발밑에 둘 수 있는 거네. 그 강대한 미국마저도."

한주혁은 잠시 생각하는 척했다. 전 세계를 발밑에. 그 강대한 미국마저도 발밑에.

"근데 그러면 뭐가 좋은데?"

"네가 원하는 모든 것을 손에 넣을 수 있지."

한주혁이 피식 웃었다.

"구체적으로 내가 원하는 게 뭔데?"

돈? 권력? 명예?

"돈은 이미 넘치도록 있고."

물론 제국과의 전쟁이 언제 어떻게 발발할지 모르기에 함부로 쓸 수는 없지만, 올림푸스를 접고 평화롭게 살아간다 생각한다면 돈은 이미 충분히 많다. 올림푸스 세계를 버리고, 블랙스톤 두어 개만 팔아도 평생 놀고먹는다.

뿐이랴. 카를로스 대평원과 헬 하운드 목장에서 나오는 수익은 일반인들의 상상을 초월한다. 평생 평평 쓰면서 살아도 된다.

"권력도 뭐. 그렇게 필요한 거 같지 않고."

눈치만 대충 주면 미국과 중국. 러시아가 알아서 움직여 준다. 조국인 한국을 제외하고는, 절대악에게 극도로 우호적이다. 절대악이 그 사이에서 어떠한 강제력을 발휘하려 들지는 않지만, 한주혁에게 권력은 그다지 필요하지 않았다. 눈치만 주면 되는데 뭐하러 귀찮게.

"명예도 뭐 알다시피⋯⋯."

최근 몇몇 조사에 따르면 전 세계의 초등학생들은 자신의 영웅으로 절대악을 꼽았다. 압도적인 1위. 세계에서 가장 핫한 히어로를 꼽았을 때, 영화 속 주인공이 아니라 현실 속 절대악을 꼽은 거다.

"보아하니 당신과 연대를 하자는 것 같은데."

내가 뭐가 부족해서?

"다른 사람들이랑 모두 연대해도 당신이랑은 안 해."

"자신의 힘을 지나치게 믿는 것 같군."

"나는 아직도 몬스터 게이트 때 억울하게 죽은 아이들을 기억하거든."

몬스터 게이트는 신성의 작품이기는 했다. 그러나 태르민이 깊게 관련되어 있다는 것도 알고 있다.

"나와는 전혀 무관한 일이로군."

"그때 대통령은 모습을 드러내지 않았어. 경찰과 군도 구조 작전에 동원되지 않았지. 마치 누군가 일부러 조종하는 것처럼. 이 상황을 누군가 조직적으로 만든 것처럼."

몬스터 게이트는 절대악에게 비난의 화살을 돌리기 위하여 신성이 독단적으로 움직인 것이다. 적어도 대외적으로는 그렇게 되어 있다.

"근데 또 너희와 아주 밀접하게 관련이 있는 대공의 납치사건으로 또 젊은이들이 희생됐더라."

여기서 희생이란 '실제 사망'을 뜻한다. 델리트도 아니고. 실제로 사람이 죽었다.

"그런데 그것도 아주 조용히 넘어갔어. 어떻게 그럴 수 있었는지는 모르겠지만."

애초에.

"올림푸스의 일로 인하여 실제로 사람을 죽일 수 있는 능력. 대공이 무슨 수를 썼는지는 모르겠지만 그것과 어떤 세력이 굉장히 깊은 관련이 있다는 것 정도는 쉽게 알 수 있지."

그렇지 않고서야 죽어도 그다지 언론에 노출될 위험이 없는, 말하자면 대중들의 관심 밖에 있는 소외계층들만 쏙쏙 골라서 그렇게 처리할 수는 없을 거다. 아무 일도 없었던 것처럼 조용히 넘어갈 수는 없었을 거다.

"이 모든 것이 어떠한 강력한 세력이 대한민국의 기득권들을 몰래 조종하고 있다…… 라는 말도 안 되는 가정으로밖에는 설명이 안 되거든."

"정말 황당한 논리군. 설마 대한민국의 기득권들을 뒤에서 조종하는 세력이 있다고 진짜 믿는 건 아니겠지?"

"태르민 일가라고. 강력한 힘을 가진 세력을 알아. 올림푸스의 능력으로, 현실 세계의 사람을 죽일 수 있는 괴이한 힘을 가졌던데."

강무열이 그렇게 죽었었다. 이 역시 언론에 노출되지 않았다.

"그런데 또 그 세력이 아주 개 같은 능력을 갖고 있더라."

한주혁은 얼마 전까지 백수였다. 말하자면 취업준비생이었다. 그래서 취업준비가 얼마나 힘든지 잘 안다. 열심히 준비하고 노력하면 뭘 하나. 그것을 활용할 곳이 없는데.

"정말 열심히. 자기 딴에는 노력했던 사람들을 그냥 무참히 짓밟더라고."

'특수강화'가 바로 그렇다. 특수강화에는 제물이 필요하다. 플레이어의 목숨. 플레이어의 델리트.

"나는 전혀 모르는 일이다. 어디서 선동된 정보를 들은 모양이군. 자네는 지금 너무 편협한 사고를 하고 있어."

한주혁이 씨익 웃었다.

"편협?"

지금 나보고 편협하다고 그랬냐?

"혹시…… 그래 봤어?"

"무엇을 말이지?"

한주혁이 주먹을 들어 올렸다.

"편협한 애한테 존나 맞아봤어?"

목도 돌렸다.

"맞으면 아플 거야. 좀 많이."

너네 다.

기천은 기천 나름대로. 다르크는 다르크 나름대로 준비했다. 지금은 '대화와 평화의 장'이 펼쳐져 있는 상태. 6시간 동안은 그 어떠한 공격행위도 할 수 없다.

그러나 기천의 능력은 'PVP'로 인정되지 않는 능력이 대부분이다. 더더군다나 이 '대화와 평화의 장' 속에서는 막강한 능력을 발휘하기도 한다.

-아이템 강탈을 시도합니다.
-아이템 강탈에 실패하였습니다.

그러나 절대악은 결코 만만치 않았다. 신체 능력치가 얼마나 높은 건지. '대화와 평화의 장'이 있음에도 불구하고 제대로 된 스킬 발휘가 되지 않았다.

'어차피 놈은 모른다.'

몇 번이고 계속 시도하다 보면, 놈의 아이템을 빼앗을 수 있을 거다. 특히 저 말카노의 귀걸이를 빼앗을 수만 있다면 굉장히 유리한 상황을 점할 수 있을 거다.

'반드시 빼앗고 만다.'

한편, 다르크는 절대악이 아닌 한세아에게 관심을 뒀다. 그는 '신실한 처단자'다. 절대악에게도 강력한 힘을 행사하지만 특히 성좌 클래스에게 카운터를 먹일 수 있는, 말하자면 배신자를 처단하는 데 특화된 클래스를 가지고 있다.

'저년을 델리트시켜 버리면……. 도움이 많이 되겠지.'

저년 때문에 달빛 피리가 활성화되었고 세니아 던전이 클리어됐다. 저년이 없었다면 성좌 던전에서 살아나오지 못했을 확률이 높았다. 그는 그렇게 판단했다. 그가 여태까지 성좌 퀘스트를 클리어해 본 경험으로 봤을 때, 성좌 던전은 성좌 클래스가 있어야만 클리어할 수 있으니까.

'더 이상 세계 12대 초인의 아이템을 빼앗길 수는 없다.'

더 이상 성좌 퀘스트를 못하게 만들어야 했다.

'네년은 여기서 델리트될 거다.'

속으로 절대악을 비웃었다. 저렇게 여유 부리고 있다가 된통 당할 것이다. 여유는 진정한 강자나 부릴 수 있는 것. 그가 판단하기에 절대악은 진정한 강자가 아니었다. 공격력만 높은 멍청이였다. 남의 본진에 쳐들어와서 저렇게 희희낙락하고 있다니. 저 오만함 때문에 7번 성좌라는 귀중한 전력을 잃게 될 것이다.

그런데 그때. 목소리가 들려왔다.

"편협한 애한테 존나 맞아봤어?"

기천과 다르크는 황당했다. 편협한 애한테 맞는다라?

'여기가 평화의 장 속이라는 걸 잊었나?'

막대한 페널티가 있다는 것을 들었을 텐데.

'그 페널티가 무조건적인 델리트라는 것도 아나?'

모르겠지. 모르니까 저렇게 마음대로 행동하는 거겠지. 그래. 차라리 잘됐다. 날뛰어라 절대악. 이렇게 델리트되어 버리는 것도 나쁘지는 않겠지. 기천은 회심의 미소를 지었다.

'델리트되기 전. 구마도스의 장갑과 말카노의 귀걸이를 내놓고 뒈져라.'

손에 땀이 찼다. 긴장됐다. 구마도스 장갑과 말카노의 귀걸이. 어쩌면 세니아 던전을 클리어하고 나서 얻었을 또 다른 신급 아이템. 얻을 것이 정말 많다.

'운 좋게 블랙 스톤이라도 빼낼 수 있다면.'

그러면 벼락부자가 되는 거다. 세상이 갈망하는 보물을 얻을 수 있는 거니까. 그런데 한주혁이 뭔가를 꺼내 들었다.

"일단 너부터 좀 존나 맞자."

한주혁이 다르크에게 가장 먼저 타깃으로 짚었다. 그러면서 태르민에게서 주의를 풀지는 않았다.

'놈에게 어떤 능력이 있는지 더 알아볼 필요가 있어.'

아직까지는 태평한 것 같다. Siri도 마찬가지. 숨겨놓은 패가 조금 더 있다는 얘기다. 기천과 다르크부터 냅다 패다 보면 뭔가 더 나올 듯했다.

"너 때문에 내가 입은 손해가 얼마나 큰지 알긴 아니?"

블랙 스톤 10개를 썼다. 저놈 때문에 제단이 불안정해지면서 그랬다. 물론 저놈이 아닐 수도 있다. 발견하지 못한 성좌는 두 명. 저놈일 수도 있고 아닐 수도 있다. 확률은 반반.

"반반이니까."

그 절반 어치만 맞자.

"블랙 스톤 5개만큼."

일단 케르핀의 낙서장부터 냅다 찢었다.

-PVP 설정이 무효화됩니다.

-자연스러운 PVP가 가능합니다.

그리고 도망치지 못하게.

-스킬. 악의 결계를 사용합니다.

악의 결계까지 사용했다. 보스 몬스터들이 하도 도망쳐 대는 통에 이런 스킬 사용은 이골이 났다.

한주혁이 귓말을 보냈다.

-저 새끼 죽이면 되살려. 부활 가능하지?

-……응.

한세아는 순간 한주혁의 말투에서 서늘함을 느껴야만 했다. 친오빠인데도 무서웠다. 블랙 스톤을 소모한 것에 대한 대가는 매우 컸다.

퍽! 퍽! 퍽! 퍽!

H/P는 줄어들지 않았다. 엄청난 타격음만 터져 나왔다.

한세아가 뭔가를 발견했다.

'응?'

저건 보아하니.

'고통찔레꽃?'

고통찔레꽃을 주먹에 묻혀서 사용하는 것 같다.

'와! 대박.'

오빠는 신체 스탯이 지나치게 높아 고통찔레꽃에도 그다지 반응하지 않는 모양이었는데, 다르크는 아니었다.

"너 같은 새끼는 일단 존나 맞아야 돼."

한주혁의 주먹은 눈으로 보이지도 않을 정도다. 슉- 하고 뭔가 지나갔다 싶으면 이미 수백 대는 때렸다. 한세아의 눈으로는 포착이 안 되고, 손석기의 '초속 촬영 기법' 정도는 있어야 그 주먹을 판별할 수 있을 정도다.

다르크가 보기엔 한주혁이 자꾸 사라졌다 나타나는데 나타날 때마다 50번은 얻어맞는 것 같은 느낌이었다. 사라졌다 나타나고 사라졌다 나타나는데.

'시발!!'

그냥 외치고 싶었다. '존나 아프다!'라고. 그러나 그렇게 외칠 여력도 없었다. 펀치가 미친 듯이 들어왔다. 보이지도 않았다.

다르크가 비명을 질렀다.

"크아아아악!"

도망쳐야 했다. 도망치고 싶다. 그러나 도망칠 수 없었다.

-워프 스크롤 사용이 불가합니다.

-특수한 외부의 힘이 워프를 방해하고 있습니다.

워프가 불가능했다. 상황은 기천도 마찬가지였다.

"내 이브이를 빼앗아?"

너도 일단 존나 맞자.

퍽. 퍽. 퍽. 퍽.

광속만큼 빠른 구타의 향연과 주먹의 춤사위가 펼쳐졌다.

이주랑은 침을 꿀꺽 삼켰다.

'절대악이……'

오늘따라 진짜 절대악처럼 보인다. 세계에 내놓는다면, 랭킹 10위 안에는 무조건 들 법한 성좌들을 어린애 다루듯 다루면서 미친 듯이 때리고 있다. 이건 때리는 수준이 아니라 그냥 패는 수준이었다.

'진정한 절대악…… 같다.'

시간으로 따지면 몇 초 지나지도 않았는데, 아마 기천과 다르크가 얻어맞은 횟수로 치면 최소 1,000대는 넘게 맞았을 거다. 이주랑은 절대악의 무자비한 평타에 섬뜩함까지 느껴야

했다.

기천의 비명성이 터져 나왔다.

"제, 제발! 그, 그만! 그만!"

"어때? 아프냐?"

근데 말이야.

"델리트된 애들은 더 아팠어."

남들의 고통은 아무렇지도 않게 생각하면서.

"늬들 아픈 것만 아프냐?"

대화와 평화의 장? 알 게 뭐야. 그런 룰 있으면 깨부수면 그만이다.

"일단 한 번 죽고."

백참격과 천참격을 동시에 날렸다. 기천과 다르크는 그 자리에서 즉사. Siri와 태르민. 그리고 채순덕은 도망치지 못하고 그 자리에 서 있는 상태.

한주혁이 귓말을 보냈다.

-살려.

-어, 어? 아, 알았어.

한세아도 오빠의 모습에 적응이 안 됐다. 오빠가 오늘은 진짜 절대'악' 같다. 일단 오빠 말을 듣기로 했다. 오늘부터 말 정말 잘 듣기로 했다.

-스킬. '경이로운 부활'을 사용합니다.

한세아가 '경이로운 부활'을 사용하여 기천과 다르크를 동시에 살려냈을 때. 놀라운 일이 벌어졌다.

-스킬. '경이로운 부활'을 사용합니다.

한세아의 '부활'이 '경이로운 부활'로 업그레이드되면서 쿨타임도 획기적으로 감소했다. 연속해서 10번까지 활용한 부활. 델리트가 되어도 되살릴 수 있는 능력. 그런데 이 능력이 성좌들에게는 특수한 힘을 부여하는 것 같았다.

기천은 지금의 상황을 믿기 어려웠다.

'어라?'

분명히 죽었는데 되살아났다. 7번 성좌에게 이런 능력이 있을 줄이야. 믿기 어려웠는데 더욱 믿기 어려운 일이 벌어졌다.

-성좌의 권능이 임합니다.
-성좌 클래스를 확인합니다.
-성좌의 부활에 의하여 성좌에게 특별한 힘이 부여됩니다.

한세아는 반쪽짜리 성좌다. 어쨌거나 '성좌'의 자리를 유지하고는 있다. 성좌가 다른 성좌를 살렸을 때. 살아난 성좌에게 커다란 특전이 부여되는 것 같았다.

-죽음을 초월한 의지로 간주됩니다.

-일시적으로 레벨이 50만큼 증가합니다.

-일시적으로 모든 능력치가 대폭 상승합니다.

기천에게도 느껴졌다. 자신의 강대한 힘이. 마치 세상에 존재하지 않는 엄청난 버프를 받은 것만 같은 느낌.

'내게 이런 말도 안 되는 버프를 걸어주다니.'

기천에게도 세아에게 들렸던 알림과 동일한 내용의 알림이 들려왔다.

-일시적으로 모든 능력치가 대폭 상승합니다.

모든 능력치라함은 신체 능력은 물론이거니와 자신이 가지고 있는 스킬의 능력까지 포함되는 거다.

'이럴 줄은 몰랐겠지!'

7번 성좌도 이러한 효능에 대해서는 몰랐던 것이 틀림없다. 알았다면 이런 특전을 부여해 줄 리는 없으니까.

'내가 이렇게 강력해졌다면.'

그렇다면 또 다른 성좌. 신실한 처단자인 다르크 역시 강해졌을 것이 틀림없다.

'이로써 네년은 반드시 델리트.'

7번 성좌 한세아는 절대악의 친동생으로 알고 있다. 그 친동생이 지금 이 자리에서 델리트된다면?

'평생 죄책감 속에 파묻혀 살아라. 절대악……!'

모르긴 몰라도 엄청난 죄책감 속에 파묻혀 살게 될 거다. 물론 착각이다. 한세아는 기천과 달리 성좌의 자리에 그렇게 목매는 상황은 아니었으니까. 델리트 되면 엄청나게 슬프긴 할 테지만, 오빠를 원망하거나 하지는 않을 거다. 애초에 오빠 덕분에 얻게 된 힘이고, 만약 델리트된다 할지라도 오빠가 자기한 명 정도는 충분히 책임져 주고도 남을 수 있다는 걸 알기 때문이다.

한주혁이 피식 웃었다.

"뭔가 좀 세진 느낌이다?"

심안을 통해 느껴진다. 정확하게 파악은 할 수 없지만 놈은 분명히 강해졌다. 아까까지는 아예 반응이 없었는데 지금은 반응이 왔다.

-외부의 기운이 인벤토리에 침입합니다.
-불꽃의 진 파천악심공이 이에 저항합니다.

한주혁의 몸에서 오랜만에 검은색 기운이 뿜어져 나왔다. 절대악의 기운이기도 하면서, 폴카오의 마기이기도 했다.

기천은 아까와 다르다는 것을 느꼈다.

'블랙 스톤과 신급 아이템을 내놔라.'

아이템 강탈을 사용했다. 그 아이템들만 얻어도 성좌들의 등에 날개를 달 수 있다.

'이제는 된다.'

아까까지는 허공에 삽질하는 기분이었는데 이제는 인벤토리에 다가설 수 있을 것 같은 기분이다. 느낌이 완전히 달랐다.

-불꽃의 진 파천악심공이 저항에 성공하였습니다.

물론 느낌만 달랐다. 인벤토리에 다가설 수 있기만 했다. 그이상은 못했다. 한주혁의 입장에서 보면.

'아. 이런 걸 아까부터 계속 시도했겠구나.'

아까까지는 아예 느낌도 안 났는데.

'이제야 느낌이 좀 나네.'

이제는 약간의 느낌 정도가 날 뿐이다. 그래 봤자 가렵지도 않았지만.

"덜 맞았지?"

정확하게 파악은 어려워도 대충 레벨이 50 정도 오른 것 같은 느낌이다. 세아의 부활로 인하여 특별한 힘이 생겼다.

한주혁이 움직였다.

"으악!"

기천은 순간 엉덩방아를 찧고 넘어졌다. 기천은 맞을 것이 두려웠는지 두 팔로 얼굴을 가렸다. 그런데 절대악은 기천을 그냥 지나쳤다.

한주혁이 먼저 목표로 삼은 대상은 기천이 아니라 다르크였다.

"왜? 뭐 하려고?"

다르크의 기세가 느껴졌다. 다르크는 처음부터 한주혁 자신이 아닌 동생인 한세아를 노리고 있었다.

'저놈도 레벨이 50 정도 증가했다면.'

아마도 일시적인 효과이긴 할 텐데. 어쨌든 50 정도 증가했다면.

'그리고 성좌에게 특히 위험한 클래스라면.'

이를테면 배신자를 처단한다든가. 성좌 내에서 강력한 힘을 발휘할 수 있는 클래스라든가.

'세아에게는 충분히 위험해.'

훈계도 필요하고 앙갚음도 필요하지만 굳이 위험을 무릅쓸 필요는 없다.

-스킬. 불꽃의 천참격을 사용합니다.

레벨이 많아 높아진 느낌이다. 천참격으로도 죽지 않을 수도 있지 않겠는가. 후속 콤보를 준비했는데 필요 없었다.

"이 치사한 새끼가."

하여튼 이런 놈들은 문제다. 강한 사람한테 강하고 약한 사람한테 약하면 문제가 되지 않는다. 그런데 이놈은 처음부터 세아만 노렸다. 내 동생이 얼마나 연약한데. 연약한 애만 노리냐. 치사하게.

-성좌를 사살하였습니다.
-부활로 되살아난 특수한 상황입니다.
-부활로 인하여 되살아났을 경우, 24시간 이내의 재죽음은 '전투 결과'에 영향을 끼치지 않습니다.

다르크는 굴욕감을 느꼈다.
'1초. 1초만 더 있었어도.'
7번 성좌를 델리트시킬 수 있었을 텐데. 그 1초가 없었다. 절대악의 움직임은 가히 상상을 초월했다. 뭐 저렇게 빠른 놈이 다 있단 말인가.
한주혁은 한 가지 사실을 확인했다. 기분이 좋아졌다.
'놈들의 레벨이 50 정도 높아진다 해도 나한테는 소용이 없네.'
천세송이나 한세아에게는 영향이 있을지는 몰라도 한주혁 자신에게는 별 의미가 없었다.
'기천도 마찬가지고.'
기천 역시 그다지 위협이 되지 않았다. 정말 중요한 건 지금 움직이지 않고 있는 Siri와 태르민이었다. 채순덕은 그다지 위협이 되지 않는다고 판단하고 있다. 악의 결계 때문에 도망가지 못하고 있다는 건 알고 있다. 하지만 이토록 조용한 것에는 또 다른 꿍꿍이가 있을 확률이 높았다.

-스킬. 불꽃의 파천보법을 사용합니다.

파천보법을 사용하여 순식간에 기천과의 거리를 좁힌 한주혁이 씨익 웃었다.

"너 왜 그러고 있나?"

기천은 또다시 굴욕감을 느꼈다. 왜 그러고 있냐고 묻고 있다. 쫄아서 넘어졌다고 대답할 수는 없지 않은가. 굴욕감은 곧 분노로 변했다. 자신이 기겁해서 넘어졌다는 사실이 수치로 다가왔고, 그 수치는 화를 불러일으켰다.

"이 버르장머리 없는 새끼가!"

한주혁이 인벤토리에서 뭔가를 꺼냈다.

"여기서 버르장머리가 왜 나와?"

그 뭔가는 바로 용병왕의 철퇴였다.

<용병왕의 철퇴>
용병왕을 증명하는, 혹은 용병왕 이상의 강력한 힘을 증명하는 왕의 증표. 강력한 공격력을 자랑한다.

등급: 레전드

특수 능력:

    1) 짐승형 몬스터에게 추가 데미지 70퍼센트.

    2) 분노 상태의 생명체 사살 시 아이템 드랍확률 +70퍼센트.

  +상세설명

한주혁이 도발했다.

"이거 순 꼰대새끼네."

"이 어린놈의 새끼가!"

그 말에 기천은 이성의 끈을 잃었다. 분노 게이지가 붉은색을 나타냈다. 붉은색을 나타냈다 함은 곧 분노 상태가 활성화되었다는 뜻이다. 시스템이 그걸 인정하고 있다는 얘기가 된다.

<상세설명>

    용병왕의 철퇴의 특수기능을 사용하면 상대의 분노 게이지가 활성화됩니다. 분노 게이지가 빨간색으로 변하면 시스템상 분노 상태에 접어들었다 판단합니다. 분노 상태에 접어든 생명체를 '용병왕의 철퇴'를 사용하여 사살하면 아이템 드랍 확률이 70퍼센트 증가합니다.

한주혁이 용병왕의 철퇴를 휘둘렀다. 순간.

후우우웅-!

거대한 파공성이 일었다.

철퇴를 휘두르는 사람이 다른 사람도 아니고 절대악이다. 철퇴를 휘둘렀는데 강풍이 일었다.

잠자코 상황을 지켜보고 있던 이주랑은 저 철퇴에 기이한 스킬이 달려 있는지 진지하게 궁금해했다.

'용병왕의 철퇴에 바람계열 마법능력이 포함되어 있는 것인가?'

그런데 또 그렇게 보기 어려운 것이.

'저 바람에 살상력은 없는 것 같은데……'

그렇다면 시스템에 의하여 '순수한 바람'으로 설정되었다는 소리다. 공격 스킬은 아니라는 뜻이 된다. 그냥 휘둘렀는데, 과장 조금 보태면 태풍이 불었다. 이주랑은 말없이 앞을 쳐다봤다.

'절대악은 행운이 낮아.'

그래서 아이템 드랍이 어렵다. 그런데 지금은 철퇴를 사용했다. 철퇴의 대상은 기천. 기천은 이미 검은색 잿더미가 되었다.

"이런 씨발새끼가!"

잿빛 성좌가 부활을 사용해서 능력치를 왕창 올려주긴 했다. 능력치를 올려주기만 했다. 그래봤자 한주혁에게는 의미 없었다.

세졌다? 그런 건 의미 없다. 한주혁이 한세아를 쳐다보면서 여유롭게 말했다.

"봐. 어차피 내가 이긴다니까?"

한세아는 무언가 자포자기한 듯 고개를 끄덕였다. 저 오빠는 그냥 그런가 보다 해야 한다. 상식으로는 애초에 설명이 불가능하다. 귓말로 들려온 말이 아주 황당했다.

-얘네 좆밥이야.

한주혁이 재미있다는 듯 웃었다. 시선을 검은 잿더미로 옮겼다.

"얻은 게 있으면 잃는 것도 있겠지?"

한세아는 성좌이면서 또 절대악의 편이기도 하다. 애매한 클래스.

성좌와 절대악, 모두에게 우호적이면서도, 피해를 입힐 수 있는 그 중간쯤의 어딘가. 잿빛 마도사다. 다시 말해, 성좌에게 무조건 유리하지 않다는 얘기다.

한세아에게 알림이 들려왔다.

-'경이로운 부활' 페널티가 '부활 대상자'에게 부여됩니다.

약간의 운도 적용되는 듯했다. 방금 죽은 다르크에게는 아무런 영향이 없었는데, 지금 죽은 기천에게는 아주 큰 영향이 있었다.

-'부활 대상자'의 현 상황을 고려합니다.

-'부활 대상자'에게서 '용병왕의 철퇴'의 특수 능력이 적용된 상태입니다.

그리하여.

-'부활 대상자'의 인벤토리에 들어 있는 모든 아이템이 드랍됩니다.

그 아이템에는 '골드' 역시 포함되었다. 골드가 뿌려지고 기천의 아이템이 뿌려졌다. 인벤토리의 모든 아이템이 홀 구석구석 뿌려졌다. 한주혁은 조금 아쉬웠다.

'루펜달이 있었으면 다 수거했는데.'

지금은 태르민과 Siri를 견제하느라 움직이지 못하고 있다. 혹시라도 이주랑과 한세아에게 피해가 갈 수 있으니까. 태르민의 능력을 정확하게는 파악하지 못했으니까.

그때. 꼬꼬는 자신의 할 일을 깨달을 수 있었다.

키엑!

펫 1호의 자리가 내 눈앞에!

키엑! 키엑!

루펜달 녀석이 없다!

키엑! 키엑!

빠르게! 난다! 먹는다! 나는! 펫 1호!

그리고 마친 한세아의 옆에는 3억 골드가 뭉텅이로 드랍되어 있는 상태. 한세아는 행복해졌다.

'역시!'

이오빠가내오빠다로 활동하기를 잘했다. 루펜달의 말이 다 맞다. 오빠 옆에 있으면 콩고물이 떨어진다. 그 콩고물이 단순한 콩고물이 아니다.

'3억 골드다!'

오빠 성격상 이 정도 푼돈은 그냥 가지라고 할 것이 틀림없었고, 꼬꼬와 이주랑과 대충 나눈다 해도 1억 골드는 먹을 수 있는 거다.

속으로만 외쳤다. 오빠 사랑해! 이거 나 주는 거지? 물론 겉으로는 얘기 안 했다. 얘기했다가는 '아씨 더러워. 다 내놔'라고 말할 수도 있으니까. 그녀는 새로운 취미에 눈을 떴지만 3억 앞에서는 그 취미를 잠시 내려놓을 수 있었다.

한주혁은 과연 기천이 드랍한 모든 물품. 그러니까 푼돈에 해당하는 그것들에는 크게 관심이 없었다. 저것들 다 모아봐야 몇억 되지도 않을 테니까.

'한 가지는 알았네.'

부활로 되살려서 다시 죽이는 건 전투 결과에 영향을 끼치지 못한다. 의미 없다는 소리다.

'그리고 정말 최악의 경우.'

반대로 자신이 죽은 뒤 다시 살아나게 되면 더욱 강력해질 수 있다는 소리다. 기천처럼, 약간의 페널티를 받기야 하겠지만.

'한 가지 패가 더 생긴 거네.'

성좌들은 한세아가 '잿빛 마도사'로 전직한 것을 모른다. 성좌 고유의 능력으로 판단할 확률이 매우 크다. 그 능력이 절대악에게도 똑같이 적용될 거라고는 생각하지 못할 거다.

'최후의 패가 하나 더 생긴 거고.'

그럼 이제.

"너희도 맞아야지?"

태르민과 Siri. 그리고 채순덕. 아직 셋이나 남았다. 여태껏 침묵을 지키며 상황을 지켜보던 Siri가 드디어 입을 열었다.

"절대악. 모든 것이 네 뜻대로 되지는 않을 것이다."

그와 동시에 Siri와 태르민. 둘에게서 갑작스러운 변화가 일어났다.

9장
또 보자, 친구

　Siri의 몸이 기형적으로 꺾이기 시작했다. 그 모습을 본 한세아가 인상을 잔뜩 찡그렸다.

　"엑? 저게 뭐야?"

　관절인형을 이리저리 마구 꺾어놓으면 저런 모양이 아닐까 싶다.

　"징그러워."

　관절이 기형적으로 꺾인 Siri의 몸이 풀썩 쓰러졌다. H/P도 어느새 0이 되어 버렸다.

　한주혁은 쓰러져 버린 Siri의 몸을 물끄러미 쳐다봤다.

　'대충 예상은 했지만.'

　아예 예상하지 못한 건 아니었다. 인형술사 Siri가 어떤 꼼수를 부려놨을 거라고는 생각하고 있었다.

Siri만 이렇게 된 것이 아니었다. 태르민의 몸 역시 이리저리 뒤틀리기 시작하더니 이내 풀썩 쓰러져 내렸다. Siri와 태르민은 진짜가 아니었다. 가짜. 인형이었다. 검은 잿더미도 찾아볼 수 없었다.

한주혁이 씨익 웃었다.

'수 싸움에서는 이득을 봤네.'

Siri와 태르민을 없애지 못한 것은 좀 아쉬운 부분이다. 그러나 이득을 봤으면 봤지, 손해를 보지는 않았다. 어차피 '경이로운 추적'은 단발성 스킬이 아니다. 계속해서 사용할 수 있는 스킬이다.

"한꺼번에 이렇게 여러 명을 인형화시키지는 못한다는 거잖아. 그렇지?"

기천은 여전히 검은 잿더미가 되어 있는 상태. 절대악에게 울분을 토해내느라 아직 로그아웃을 하지 않은 모양이다. 그마저도 곧 강제 로그아웃당할 테지만.

'그리고…… 기척을 속일 수 있어.'

무려 '경이로운 악의 추적'을 통하여 살펴봤는데, 그걸 속였다. 진짜 Siri로 느껴졌었다. 굉장히 정밀하고 세밀한 능력을 가졌다는 소리다. 물론, 그 능력의 한계도 파악을 했고.

'만약 여력이 더 있었다면.'

그랬다면 기천을 이대로 내버려 두지는 않았을 거다.

'중국 쪽에서 느껴졌던 기천의 기척이 인형이었나?'

아마도 그러지 않았을까 싶다. 아무렴 어때. 별로 상관은 없다. 어쨌든 기천은 3회 사살되었고 앞으로 그에 대한 보상이 주어질 거다. 한주혁에게는 보상이. 기천에게는 페널티가.

'델리트. 혹은 그에 준하는 페널티가 가해질 텐데 기천을 살리지 못했어.'

그래서 수 싸움에서는 이겼다고 하는 거다. Siri가 가진 능력의 한계치를 파악할 수 있었으니까.

'무턱대고 악의 추적을 사용하기는 어렵게 됐고.'

두 명 정도는 정교하게 속일 수 있는 걸로 미루어보아 위험한 함정을 파놓을지도 모를 일이다. 그 유명한 제국의 '영원의 감옥' 같은 곳으로 불러 버리면 빠져나올 수도 없다.

'태르민의 얼굴도 확인…… 은 못했네.'

눈으로 보기는 봤다. 그런데 기억이 안 난다. 이미지화되지 않았었는데 기억에도 남지 않는다. 태르민을 만났다는 사실. 그것만 기억이 났다. 누군가 머릿속에 강제로 들어와 얼굴 이미지를 마구 뒤섞어 놓은 것 같은 그런 기분.

"그런데 그쪽은 버림받았나 봐? Siri의 언니라고 했던 것 같은데."

"시끄럽다. 더러운 악이여. 세상을 종말로 이끄는 네놈의 힘이 언제까지 먹힐 것이라 생각하느냐?"

한주혁은 피식 웃고 말았다.

"그 말투. 여전히 쓰는 거야?"

카메라 앞에서만 저러는 줄 알았더니. 이곳에는 카메라가 없는데도 그렇다.

'아.'

그러면, 카메라가 있을지도 모르겠구나. '경이로운 악의 추적'을 속였던 Siri와 태르민이다. 여기 어딘가에 파악되지 않는 형태의 특수한 촬영 아이템이 있을지도 모를 일이지 않은가.

'채순덕의 모양새를 보아하니 딱 그러네.'

한세아의 말을 빌리자면 채순덕은 관종(관심종자)이다. 채순덕을 몇 번 만나보고 나니 확실히 알겠다. 한주혁의 눈에는 분명히 보였다. 지금 저 경직된 자세. 카메라 앞에서의 채순덕이다.

"네놈의 악행은 전 세계에 까발려질 것이다. 절대악. 네놈은 세상을 기만하였으며 올바르지 못한 방법으로 힘을 쌓았다. 그렇기에 정당한 방법으로 힘을 얻은 성좌들보다 훨씬 더 강력한 힘을 가질 수 있었던 것이다."

얼씨구. 모양새를 보아하니.

"이게 그 유명한 프레임 전쟁?"

얼추 들어보면, 솔깃하기는 했다. 상식적으로 생각해서 절대악처럼 강해지는 건 불가능하다. 상식적으로 불가능. 그렇다면 비상식적으로 접근해야 한다는 소리인데.

"너는 플레이어들을 잡아먹으면서 성장했지. 이곳. 한국에 엄청난 숫자의 실종자들이 있다는 것을 너도 잘 알 터."

마치 연기하듯 말을 이었다.

"하긴. 모를 수가 없겠지. 상당수의 실종자를 절대악이 조장했으니까. 그러면서 잘도 세계의 영웅으로 군림하여 성인군자인 척하는 이율배반적인 모습을 보였다."

그러니까 채순덕의 논리는 이러했다. 너처럼 강해지려면 일반적인 방법으로는 불가능하다. 그러니까 일반적이지 않은 방법. 이를테면 플레이어들의 생명을 흡수하거나 델리트시키면서 강해졌을 거라는 얘기다. 그런 것 말고는 딱히 절대악의 강함을 설명할 수 있는 길이 없었으니까.

"얼씨구?"

어쩐지.

"답은 정해져 있는 거 같다?"

뭔가 어떤 일을 꾸민 거 같은데.

"일단 냅다 일을 저질러놓고, 거기에 나를 끼워 맞추려고?"

예전부터 느낀 건데. 채순덕은 그다지 위험한 상대가 되지 못했다. 광휘의 지휘자라는 획기적인 클래스를 제대로 활용하지도 못할뿐더러, 심리전도 잘 못한다. 그냥 카메라 앞에서 스포트라이트를 받고 싶어 하는, 아직도 중2병에서 못 벗어난 성좌 중 한 명일 뿐.

한주혁이 말했다.

"아. 이거 영 찝찝한데."

반쯤은 비아냥거리는 것이었지만 채순덕은 그것을 파악하지 못했다.

'그래. 네놈이 나락으로 떨어질 날이 얼마 남지 않았다.'

지금쯤이면 죽음의 안개가 펼쳐지고 있을 것이다.

'엄청난 피해를 일으키겠지.'

죽음의 안개가 가지는 파괴력에 대해서는 익히 들었다. 얼마나 좋은가. 절대악을 나락으로 떨어뜨리기에 아주 좋다.

기득권 세력. 그러니까 대연합의 잔재. 권력층을 비롯하여 검찰, 언론 등이 절대악을 노리고 있다. 절대악 때문에 그들의 입지가 엄청나게 줄어들었기 때문이다. 빈틈만 보이면 언제고 달려들어서 물어뜯을 것이다.

'죽음의 안개는 엄청난 반향을 일으킬 거야. 너도 끝이다. 너는 적을 너무 많이 만들었어.'

제아무리 대단한 미국이라도, 죽음의 안개 같은 끔찍한 것을 통해 사람들을 죽이고 델리트시킨다는 것이 밝혀지면 절대악을 돕기 어려워질 것이다.

'게다가 실제 사망자까지 나올 테니.'

그러면 곧바로 검찰이 움직일 수 있을 거다. 증거? 만들면 된다. 검찰은 이미 그런 능력을 확보하고 있다. 서민 개돼지들이야 절대악 편이겠지만 그놈들은 입으로만 떠들 뿐. 절대악에게는 아무런 도움도 줄 수 없다.

'결국 사회를 움직이는 건 우리. 귀족들이다.'

개돼지는 개돼지일 뿐. 아무리 짖어봐야 그냥 짐승의 울음소리일 뿐이다.

한주혁이 어깨를 으쓱했다.

"아. 이거 참 걱정되네."

이주랑의 귀에는 저 말이 완전히 다르게 들렸다. 걱정이 전혀 안 되는 모양이었다. 걱정된다는 저 말이, 왜 '너네 다 죽었어'라고 해석되는 건지. 그녀 스스로도 알 수 없었다. 절대악의 표정과 태도에서 드러나는 여유가 그렇게 만들었다.

보아하니 성좌 측에서도 비장의 한 수를 준비하기는 한 것 같은데.

'일이 어떻게 진행되는 거지?'

토러스 요새. 그곳에서는 푸른 털 사슴과 푸른 털 수달을 잡을 수 있다. 성공을 꿈꾸는 수많은 젊은 플레이어들이 유입되는 곳이다. 최근 앱솔루트 네크로맨서가 비밀 시찰을 다닌다는 것이 알려지면서(사실 그런 건 아니었지만) 사냥의 자유도가 더욱 높아진 상태.

그래서 수많은 플레이어들이 토러스로 모이던 형국이었다. 그런데 조금 이상한 일이 벌어졌다.

"토러스 근처의 필드에서 모든 사냥을 전면 금지합니다."

정말 이상한 일이었다.

"뭐야? 왜 그래요?"

"이유는 곧 밝혀질 것입니다."

플레이어들은 황당해했다.

"뭐지? 왜 이러지?"

"글쎄. 이랬던 적이 한 번도 없는데."

플레이어들이 막는다면, 항의라도 할 수 있다. 절대악은 사냥터 독점을 매우 싫어한다. 그래서 앱솔루트 네크로맨서를 통해 저번에 본보기를 보였던 것 아니겠는가.

"경비병 NPC가 막다니……."

이곳은 어찌 됐든 절대악의 영지다. 절대악에게 소유권이 있다는 소리. 영주가 NPC를 동원하여 사냥을 못 나가게 하는 것에 무슨 항의를 하겠는가.

그런데도 몇몇은 항의하기도 했다.

"나는 나가야겠어! 아무리 절대악이라도 남의 생계를 끊으면 안 되지!"

대연합의 제재에는 별다른 말을 못 했던 사람일지라도, 상대가 절대악이면 말이 달라졌다. 대연합에게는 말이 안 통했지만, 절대악에게는 말이 통했으니까.

"맞습니다! 하루 벌어 하루 먹고사는데. 이제 와서 여기를 막아서면 어쩌란 말입니까! 다른 사냥터로 이동하려면 반나절 꼬박 걸리는데. 그럼 하루 치 일당이라도 보상해 줘야 하는 거 아닙니까!"

그런데 얼마 지나지 않아 언론에서 한 가지 정보를 흘렸다.

토러스 근처에서 정체를 알 수 없는 검은색 안개가 피어올랐다는 소식이었다. 이것은 생명체를 전부 잡아먹는 괴이한 안개라는 얘기였다.

시르티안이 의자에 앉았다. 마르칸으로부터 보고를 들었다.

"시르티안 님의 말씀대로입니다. 언론에서 움직이기 시작했습니다."

"죽음의 안개에 접근한 플레이어가 있었나?"

"없습니다. 제5장로 베르디 님이 상시경계를 펼치고 있습니다. 베르디 님의 경계를 뚫을 수 있는 플레이어가 있다면 또 다른 얘기이겠습니다만."

시르티안이 단언했다.

"플레이어 중에 베르디의 마법을 뚫을 수 있는 사람은 없다."

주군 정도 되면 모를까. 주군쯤 되는 플레이어가 이 세계에 과연 있겠는가.

마르칸이 말을 이었다.

"시르티안 님의 말씀대로. 미리 기사를 작성해 놓고 뿌리고 있는 것처럼 보입니다."

지금 취재를 나갈 수 없다. 그러나 이미 취재를 끝마친 것처럼, 마치 누군가 만들어놓은 각본처럼 사건이 퍼지고 있다.

"그리고…… 이것이 절대악이 힘을 쌓은 것에 대한 부작용이라는 소문이 퍼지고 있습니다."

"예상대로군."

죽음의 안개에 대해서는 아무도 모른다. 성분도 분석이 불가능하다. 그런데 속성이 절대악과 매우 가까워 보인다. 적어도 겉에서 봤을 때에는 말이다.

"절대악이 드디어 본색을 드러내기 시작했다고 바깥세상에서 떠들고 있습니다."

"그렇겠지. 바깥세상의 기득권들은 어떻게든 주군을 추락시켜야 하는 입장이니까."

그런데 그 바깥세상의 기득권들이 하는 행동이 모두 읽힌다는 게 재미있다면 재미있는 일이었다.

"주군께서도 이 모든 일을 예측하셨지."

헌납하는 제단에서 죽음의 안개를 봤을 때. 이미 시르티안에게 말을 해놓았다. 그에게는 언제 어디서든 명령을 전달할 수 있는 '권능의 귓말'이라는 사기급 스킬이 있었으니까.

"놈들이 어찌 주군의 놀라운 혜안을 헤아릴 수나 있겠나?"

마르칸이 고개를 끄덕였다. 그 역시 절대악과 동시대를 살아가고 있다는 것에 매우 커다란 자부심을 느끼고 있는 사람 중 한 명이었으니까.

'한 방 제대로 먹여줘야 할 텐데. 개놈 새끼들.'

하여튼 남 헐뜯고 물어뜯는 데에는 일가견이 있는 놈들이다. 어떻게든 틈을 비집고, 틈이 없다면 누명을 씌워서라도 파고드는 놈들. 치사하고 더러운 놈들이다.

'모가지를 전부 날려 버려야 되는데.'

지금 당장에라도 그러고 싶다. 하지만 차분히 물었다.

"어떻게 할까요?"

"조금 더 날뛰게 놔둬."

판을 조금 더 키우기로 했다. 한편, 블랑디아 영지에서 채순덕과 말싸움 아닌 말싸움을 하면서 상황을 파악한 한주혁은 꼬꼬에게 명령을 내렸다.

"꼬꼬. 물어."

루펜달이 없는 틈을 타서 꼬꼬가 활약했다.

키에엑!

펫 1호는 내 자리다!

그 열망이 식탐을 낳았고, 식탐은 아이템을 낳았다.

"살려."

"어, 어? 응."

한세아는 부활을 사용하면서도 내가 이래도 되나 싶을 정도였다. 죽이고 살리고, 죽이고 살리고를 반복하면서 아이템을 계속 토해내게 만드는데 오빠가 진짜 절대 '악' 같다.

-스킬. '경이로운 부활'을 사용합니다.

사용하면서 느꼈다.

'오빠 동생이라서 다행이다.'

진짜 성좌로서 절대악과 싸우는 입장이었다면 답이 안 보였을 거 같다. 오늘따라 오빠가 저렇게 사악해 보일 수가 없었다.

"꼬꼬, 물어."

키에엑!

꼬꼬가 대단히 큰 활약을 하면서 이 자리에 남게 된 기천, 다르크, 순덕을 죽이고 살리고를 반복했다.

기천이 억울한 듯 외쳤다.

"그냥 죽여라!"

이미 아이템도 다 잃은 몸. 왜 자꾸 살리는 것이란 말인가. 아마 강제 로그아웃되면, 유리아와 같은 신세가 될 텐데. 어차피 그럴 텐데. 이미 나는 끝났는데. 이미 나는 끝인데.

"죽이긴 뭘 죽여. 너는 아직 존나 맞아야 돼."

다르크도 슬쩍 쳐다봤다.

"너도 아직 많이 맞아야지?"

너 때문에 블랙 스톤을 엄청나게 썼는데. 물론 한주혁의 관점에서 다르크가 아닐 수도 있지만 그런 건 아무래도 중요하지 않았다.

다르크의 얼굴이 창백하게 질렸다. 공포에 물들었다. 고통찔레꽃. 저게 이렇게 무서운 것인지 처음 알았다. 그리고 꼬꼬의 부리쪼기도 끔찍했다. 쫄 때마다 아이템이 빠져나가는데, 이러다 진짜 빈털터리가 되게 생겼다.

곁에서 보기에 한주혁은 망나니처럼 행동하는 것처럼 보였다. 복수심 때문에 이들을 구타하는 것처럼 보였다. 하지만 단순히 그런 건 아니었다. 타이밍을 쟀다. 저쪽에 시간을 주기 위해서.

'무방비하게 시간을 주는 것처럼 보이면 되겠지.'

그럼 저쪽에서 마음 놓고 날뛸 것이 분명했다.

'나였다면 여기에 최후의 대비책 하나 정도는 남겨뒀을 텐데.'

절대악을 죽일 수는 없어도, 최소한 구속할 수 있는 어떠한 수단을 마련해 뒀을 거다.

그런데 그때. 새로운 목소리가 들려왔다.

"너희들은 포위되었다."

한주혁도 순간 놀랐다. 한주혁은 습관적으로 광역탐지와 심안을 항상 활성화시켜 놓는다.

'안 걸렸어?'

목소리의 주인공이 누구인지는 차치하고서, 광역탐지에 걸리지 않았다. 목소리가 들려올 정도면 거리가 상당히 가깝다는 건데. 그럼에도 불구하고 포착이 안 됐다.

'NPC?'

NPC이기는 한데, 정상급 NPC임에 틀림없었다. 이를테면 스카이 데블의 장로들쯤 되는.

밖에서는 목소리가 계속 들려왔다.

"반역 모의가 있다는 첩보를 입수했다."

한주혁은 두렵다기보다는 새로웠다.

'목소리는 분명 들리는데. 기척이 느껴지지 않는다라.'

분명히 밖에 있기는 있다. 그런데 위치를 못 찾겠다. 한주혁의 뒤쪽. 이 홀로 들어올 수 있는 저 거대한 입구. 저 바깥에 있다는 것만 알겠다.

'이게 태르민이 준비한 최후의 대비책인가?'

그 남자가 태르민이 맞다면 상당히 용의주도한 놈일 것이다. 마지막 순간을 대비한 어떠한 대비책이 있을 거라 예상했는데, 반역을 빌미로 하여 에르페스 제국의 최상급 NPC를 움직인 건 아닐까. 그렇게 유추해 볼 수 있었다.

한주혁이 씨익 웃었다.

"이거. 너네가 준비한 거냐?"

되살아난 기천(아직 로그아웃이 되지 않아서인지, 성좌 3번 사살에 대한 보상 알림은 들려오지 않았다)과 다르크는 악에 받쳤다.

"그냥 죽여라!"

차라리 그냥 죽고 싶었다. PVP 중에는 로그아웃이 불가능하다. 한주혁의 움직임이 너무 빨라서 살아나면 바로 PVP. 로그아웃하고 싶어도 할 수가 없는 상황.

"그래?"

한주혁이 주먹을 뻗었다.

퍽!

소리와 함께, 기천은 검은색 잿더미로 변했다.

다르크는 몸을 부르르 떨었다. 저 새끼. 악마다. 진짜 악마다. 절대악이라는 클래스명이 너무나 잘 어울린다. 틀림없이 악마다.

"괴물 같은 새끼……."

"괴물은 너희지."

한주혁은 주먹을 뻗었다.

다르크는 눈을 질끈 감았다. 아. 또다시 시작이구나. 저 주먹에는 또 고통-찔레꽃의 원액이 묻어 있겠지. 지독한 새끼. 악마 같은 새끼. 차라리 날 죽이란 말이다. 차라리 델리트당하면 좋겠다.

그런데 목소리가 들려왔다.

"또 보자고. 역적 친구."

한주혁은 바깥에서 목소리가 들려왔던 그 시점에 이미 이주랑에게 귓말을 보냈다.

-방해장 뚫고서 워프 가능하죠?

이미 이주랑의 능력에 대해서 알고 있다. 이주랑은 워프에 특화된 워프 마스터이고, 상당히 뛰어난 히든 클래스다. 한주혁도 못하는 걸 이주랑은 할 수 있다. 적어도 워프와 관련된 일에 관해서는.

-가능은 합니다만…….

보아하니 들어올 때보다 훨씬 더 강력한 마나 방해장이 펼쳐져 있는 상황.

-매우 힘든 상황입니다.

이주랑의 얼굴이 굳었다. 처음부터 테르민에 의하여 설계된 함정이 아니었을까 싶을 정도로 완벽한 방해장이 펼쳐져 있었다.

-일반적인 방법으로는 워프가 불가능합니다.

한주혁이 씨익 웃었다.

-일반적이지 않은 방법 있잖아요.

이주랑은 순간 한주혁에게서 사악함을 느낄 수 있었다. 저 남자를 적으로 만나지 않아서 진정 다행이라는 생각이 들었다. 아까 성좌들을 두들겨 팰 때부터 알아봤지만, 지금은 더욱 그랬다.

'정말 다행이다.'

적으로 만났다면 진짜 끔찍할 것 같았다.

-예. 있긴 있습니다.

누구에게나 필살기가 하나쯤 있듯, 이주랑에게도 마찬가지다. 몬스터 스톤을 대량으로 소모하면 방해장을 뚫고 워프할 수 있다. 물론 문제가 좀 있기는 있다.

-제가 워프 후 24시간의 접속 제한 페널티에 빠집니다.

-역적으로 몰려서 델리트당하는 것보단 낫잖아요?

-또한 몬스터 스톤. 최소 레드 스톤 이상 등급으로 10개 이상이 필요합니다.

10개면 50억이지 않은가. 워프 한 번 쓰려고 50억을 쓰는 건 아무리 재벌의 손녀라고 해도 손이 떨릴 수밖에 없었다.

-겨우 그거밖에 안 들어요?

한주혁의 입장에서 레드 스톤 10개쯤이야 뭐, 별거 아니다. 그냥 숨 몇 번 쉬면 모이는 거 아닌가. 지금도 스카이데블의 1만 NPC가 열심히 모으고 있다.

-…….

이주랑은 순간 아무런 말도 못 했다. 그랬다. 잠깐 잊었다. 레드 스톤 10개라는 것에 잠깐 현실을 망각했다.

'저 남자가 절대악이라는 걸 잠시 잊었다.'

그녀가 안경을 고쳐 썼다.

-워프…… 하겠습니다.

그래. 24시간 접속불가 제한 걸리는 것이 역적으로 몰리는 것보다는 낫다.

절대악의 표현을 빌리자면.

-모르긴 몰라도, 쟤네 짱 세요. 여기가 쟤네 본진인데 여기서 싸웠다가는 털릴 수도 있어요.

물론 안 싸워봐서 아직은 모른다지만 그래도 일단은 절대악이 저 정도로 말할 정도면 일단 도망치는 것이 낫지 않겠는가.

오늘만 보고 플레이하는 것도 아니고.

시간은 절대악의 편이다. 어제의 절대악이 다르고 오늘의 절대악이 또 다르니까. 하루가 지날 때마다 엄청나게 강해지는 절대악 아닌가.

-워프 10초 전입니다.

그때, 한주혁이 헛동작을 취했다. 말하자면 페이크다. 마치 다르크를 죽이려는 것처럼 움직였다. 하지만 죽이지 않았다.

일부러 죽이지 않은 거다.

'저 정도의 상급 NPC들이 움직였다는 건, 누군가 큰 힘을 가진 NPC가 명령을 내렸다는 거야.'

그 정도 NPC에게는 명분이 중요하다. 이곳을 덮쳤는데 아무도 없다? 완전히 허탕을 쳤다? 그러면 이쪽을 미친 듯이 추격해 올 거다. 자신이 실수하지 않았다는 것을 증명하기 위해서.

'어쩌면 대공일 수도.'

그것까지는 아직 모르겠다.

-워프 3초 전입니다.

시간은 다 벌었다. 이놈은 강제 로그아웃을 못 할 거다.

"또 보자고. 역적 친구."

어쨌든 이곳에 누군가는 있어야 한다. 역적으로 몰아갈 수 있는. 이곳을 치라는 명령을 내린 NPC의 체면을 세워줄 수 있는 누군가가 필요하다.

그래서 군이 다르크를 살려서 여기 내버려 뒀다. 그와 동시에 한주혁과 이주랑, 한세아와 꼬꼬는 워프로 도망쳤다.

그리고 한주혁에게는 알림이 이어졌다. 기천을 세 번 사살하는 데 성공했다. 기천이 강제 로그아웃되면서 전투 결과창이 업데이트됐다.

-전투 결과창이 업데이트되었습니다.

충성충성충성은 비교적 객관적인 시선을 유지하려고 노력
했다.

-죽음의 안개가 어떤 식으로든 절대악과 관련이 있을 것 같다는 충분히
합리적인 의심을 할 수 있음.

사실 3충성은 이제 절대악의 권속이나 다름없게 되었다. 절
대악에게 잘 보여야 하는 입장이다. 하지만 3충성은 최대한 객
관적인 태도를 유지하려고 애썼다.

'개인의 자유로운 의사표시 정도로⋯⋯. 그 개인을 핍박할
사람은 아니지.'

3충성이 직접 만나본 절대악은 그랬다. 자유로운 의견표출.
그게 얼마든지 가능했다. 악의를 갖고 조직적으로 행동하는
것이 아니라면, 순수 개인의 순수 의견 표출은 존중해 주는 편
이었다. 그게 3충성이 본 절대악의 모습이었다. 3충성이 본 절
대악은 굉장히 여유로웠다.

'그러고 보니⋯⋯ 절대악은⋯⋯.'

약자에게 약하고 강자에게 강한 사람이 맞는 거 같다. 기존

기득권 세력 및 신귀족들은 미친 듯이 때려잡으면서도, 약자라 할 수 있는 대다수의 사람들에게는 관용과 호의를 베풀고 있지 않은가.

'실로 존경할 만한 분이시다.'

3층성은 고개를 휙휙 저었다.

'아니!'

나는 지금 인터넷 논객. 3층성으로 이 자리에 있는 거다. 그는 마음을 다잡았다. 자꾸만 절대악 쪽으로 마음이 기우는데 이러면 안 된다. 최대한 객관적이어야 했다.

-절대악의 속성과 상당히 유사한 부분이 있음. 게다가 절대악의 영지에서 가장 먼저 시작했다는 접점도 있고. 절대악이 적극적으로 나서서 죽음의 안개에 접근하지 못하게 만들고 있음. 절대악이 죽음의 안개에 대하여 이미 알고 있다는 뜻임.

3층성만 그렇게 생각하는 건 아니었다. 많은 사람들이 이 '죽음의 안개'가 절대악과 연관되어 있다고 생각했다. 어쩌면 누군가 주장하는 대로, 절대악이 정말 사악한 클래스고 그렇기 때문에 이렇게 빠르게 성장했을지도 모른다.

그리고 죽음의 안개는 그에 대한 부작용이며 시스템이 플레이어에게 주는 경고일 수도 있었다.

사람들이 그 의견에 많이 동조했다. 기존 언론에서는 쉴 새없이 절대악이 사악한 클래스라는 의견을, 전문가들을 통해 내보냈다. 심지어 실제 사망자까지 생겼다는 충격적인 소식까지 전해졌다.

사람들은 동요하기 시작했다. 세계의 영웅인 줄 알았던 사람이, 어쩌면 악당일 수도 있다는 것 아니겠는가.

심지어 지금은 거의 와해되어 버린 대연합 헨델의 '주니어'가 앞장서서 주장했다. 절대악은 사악한 클래스가 맞다고. 대중들을 속여서 여태까지 커온 것이라고. 그럼에도 불구하고 지금 영웅 코스프레를 하고 있는 것이라고 말이다.

'이번이 기회다.'

헨델의 주니어는 기회가 왔다고 생각했다. 어차피 기존 기득권은 다 자기편이다. 절대악과는 모두 건널 수 없는 강을 건넜다.

틈만 보이면 절대악을 어떻게든 물어뜯어야 했다. 그래서 감옥에 처넣든 뭘 하든. 어떻게든 절대악을 없애 버려야 했다. 죽일 수 있다면 가장 좋고.

대연합. 신귀족을 와해시킨 개돼지 출신 절대악. 감히 귀족들을 건드린 대가는 치르게 해줘야 하지 않겠는가.

주니어가 기자회견을 통해 발 빠르게 움직이고 기존 언론들이 바람을 잡아 대중들도 혼란에 빠지기 시작했다. 3충성이 책상을 쾅! 내리쳤다.

"아니, 이 병신들이!"

상황을 객관적으로 보라고!

-그런데 절대악은 이미 토러스를 철저하게 통제했음. 수많은 NPC들을 동원해서. 아무도 토러스를 빠져나가지 못했고 실제로 죽음의 안개에 접촉한 플레이어는 단 한 명도 없음. 그런데 죽음의 안개가 매우 위험하며 실제 사망자까지 나타났다고 누군가가 조직적으로 주장하고 있음. 이거 뭔가 이상하지 않음?

나는 펫 따위가 아니다! 빠도 아니다!

나는 절대 절대악 편을 드는 게 아니다. 나는 절대 절대악 빠돌이가 아니다. 그 유명한 '이오빠가내오빠다'나 '루펜달' 같은 순수 빠돌이가 아니다. 나는 인터넷 논객이다. 그는 스스로를 세뇌했다.

-저게 위험한 건지 어떻게 알았을까? 어떻게 그랬을까? 어떻게 저게 나타나자마자 동시다발적으로 언론들이 일어났을까? 기자들조차도 죽음의 안개에 가까이 다가가지 못했는데?

그리고 얼마 지나지 않아 올림푸스에서 JTBN으로 영상이 송출되었다.

그 영상은 한 가지 사실을 강력하게 증명하고 있었다. 3충성의 말이 맞았다.

-죽음의 안개에 접촉한 플레이어는 단 한 명도 없음.

언제 설치했는지는 모르겠지만 토러스 성벽을 비롯하여 필드 전체에 감시용 촬영 스톤을 깔아 놨다. 토러스 전 지역을 커버하는 범위. 이를 운용하는 데에만 최소 수백억 원 이상의 돈이 들어갈 거라고, 사람들은 그렇게 예상했다.

3층성도 조금 놀랐다.

'저 많은 걸 언제 다 설치했지?'

필드 전체를 감시망 안에 넣어 버리다니. 모든 곳을 감시하는 중이었다.

'언제?'

예전에는 분명 없었는데.

'이야.'

절대악은 이미 이 상황을 예측하고 있었던 듯했다.

'소름이 돋는다.'

자신은 상황을 보고 전후 사정을 파악하는데, 절대악은 한 발 먼저 나서서 전후 사정을 미리 예측하고 방비하고 있지 않은가. 신들린 컨트롤이라고 해도 과언이 아닐 정도.

JTBN 손석기를 통해 또 한 가지 사실이 밝혀졌다.

-올림푸스의 영상을 직접 송출하겠습니다.

올림푸스에서 직접 송출, 조작이 절대 불가능하다.

-정체를 알 수 없는 의문의 복면인이 나타납니다.

그 복면인이 무엇인가를 했다. 그러자 그곳에서 검은색 안개가 뭉클뭉클 피어오르기 시작했다. 지금 토러스 일대에 펼쳐져 있는 죽음의 안개보다는 훨씬 작지만, 그 시초임에는 틀림없어 보였다.

-같은 시각. 절대악은 던전을 클리어하고 있었습니다.

절대악은 '헌납하는 제단'을 클리어하고 있었다. 시간이 표시되는 영상. 그곳에는 절대악이 있었다.

한주혁이 죽음의 안개를 목격한 직후, 이미 시르티안에게 귓말을 보내 명령을 내렸다. 주요 영지들. 특히 몰래 침투가 가능한 지역에 대하여 예산을 아끼지 말고 감시망을 설치하라고. 한계 예산은 무한대. 베르디의 지원까지 받으라고 명령했다.

시르티안과 베르디는 그 명령을 받들어 순식간에 작업에 착수했다. 사실상 돈이 많이 들어서 그렇지, 감시망 구축이 어려운 건 아니었다.

그런데 더욱 놀라운 사실이 JTBN을 통해 밝혀졌다.

10장
업데이트된 전투 결과창

　올림푸스에서 직접 올림푸스 매니아 채널로의 영상송출은 조작이 불가능하다. 그래서 증거로서 매우 명확한 효력을 가진다.

　3충성은 자신의 눈을 의심할 수밖에 없었다.

　"이게 진짜야?"

　주변에는 아무도 없지만 저도 모르게 육성이 튀어나왔다.

　"말도 안 돼."

　이건 말도 안 됐다. 그런데 아무리 살펴봐도, 이리 보고 저리 봐도 여전히 올림푸스에서 JTBN 채널로 직접 전송된 영상이 맞았다.

　"헐."

　이것은 일대 파란을 일으킬 것이 분명했다.

"절대악에게 보이지 않는 다른 힘이 있다는 건 알고 있었지만……."

그런데 성분을 분석할 수 있는 능력을 가진 NPC를 가지고 있었다니. 그 NPC의 정체에 대해서는 알 수 없었지만 그 NPC가 보내온 영상에 따르면 분명히 그랬다.

-성분 분석 결과 절대다수의 성력이 감지되었습니다.

-성력이라 함은 성좌들이 가지는 힘의 원천입니다.

-성분 분석 결과 현재 감지되는 성력은 성좌에 의하여 인위적으로 만들어진 성력입니다.

성력만으로 만들어지는 것은 아니었다. 대중에게 제대로 알려진 아이템은 아니었지만 레파투라의 뿔과 베리트 시드라는 씨앗 종류의 아이템, 일정량의 몬스터 스톤, 구울리아의 부리 등. 이름만으로는 굉장히 생소한 아이템들이 일정배합을 통해 합성된 것이 바로 '죽음의 안개'였다.

-인위적인 성좌의 힘 분석에 성공하였습니다.

-모든 성분을 성좌의 스킬이 어우르고 있습니다.

-스킬의 이름은 '데스 포그'입니다.

스킬명이 데스 포그란다. 한국말로 하자면 대충 죽음의 안개가 맞다.

그것뿐만이 아니었다. 제9장로 팬더의 스킬인 '성분 분석'. 더 정확히 말하자면 '경이로운 성분 분석'은 여러 가지 유용한 정보들을 분석해 줬다.

-플레이어의 생명력이 감지됩니다.
-플레이어의 생명력을 통하여 유지 되는 것을 확인하였습니다.

JTBN을 통해 전송된, 알림을 시각화하여 내보낸 이 영상은 3충성의 예상대로 커다란 파장을 일으켰다.

-이거 진짜임?
-진짜일 수밖에 없지. 직접 전송 영상임.
-누가 성좌고 누가 절대악이냐!

복면을 쓰고 있어서 누구인지는 알 수 없지만, 성좌와 관련이 있는 사람임에는 틀림없었다. 죽음의 안개를 만들어낸 그 인물 말이다.

-플레이어의 생명은 또 뭐임?

그것에 관련된 사실도 금방 밝혀졌다.

-JTBN에서 또 속보 떴음.

-와. 성좌 새끼들 진짜 십쓰레기들이네.

핑장히 합리적인 의심을 바탕으로 한 보도였다. 이 보도에
는 미국 최대 연합인 어벤져스 연합의 캡틴이 등장했다.

어벤져스 연합의 캡틴. 미국 내에서 극단적인 '친 절대악파'
로 유명한 플레이어다. 절대악이 죽으라고 하면, 죽는 시늉이
라도 해야 한다고 주장하고 있는 플레이어.

그 플레이어는 시르티안으로부터 한 가지 부탁을 받았다.
시르티안이 이렇게 얘기했다.

"주군의 말씀에 따르면……. 놈들이 수작을 부릴 확률이 매
우 높다고 합니다. 그것도 플레이어들의 목숨을 담보로 한 수
작 말입니다. 대중들에 공개되지는 않았지만, 일전에 대공 사
태에서 이미 알고 계실 것입니다."

현실 세계에서 사람이 죽었다. 시르티안의 말처럼 대중에
알려지지는 않았지만.

"성좌 측은 그러한 짓들을 또 벌이고도 남습니다. 주군의 위
명에 누를 끼치기 위해서라면 말입니다."

그런데 또.

"바깥 세계의 한국. 그러니까 주군께서 계신 곳의 기득권층은 믿을 수가 없습니다."

시르티안의 분석에 따르면 이미 한국이란 곳의 기득권층은 하나의 유기적인 생명체로 이어져 있다. 판세가 어찌 되었든, 절대악과는 무조건 척을 져야 하는 상황.

절대악과는 반대로 행동해야 한다. 그 어떤 정보통이라도 믿을 수 없다. 그래서 시르티안이 미국의 어벤져스를 끌어들인 것이다. 그래서 캡틴이 이렇게 대답했다.

"물론입니다. 저를 비롯한 백악관이 움직일 것입니다."

다음 아이템 전송소는 반드시 미국에 설치해야 한다. 뿐만 아니라 미국 전역에 완벽한 핵우산 시스템을 완성하기 위해서라도, 절대악에게 무조건 잘 보여야 한다. 현재로서는 절대악만이 블랙 스톤을 얻을 수 있는 유일한 수단이었으니까.

시르티안의 귀에 이렇게 들렸다.

"미국의 정보력은 매우 우수합니다. 귀하는 믿으셔도 좋습니다."

미국의 언어인 영어와 한국의 언어인 한국어는 체계가 다르다. 영어는 한국과 같은 존댓말이 거의 없다 해도 과언이 아니다. 다만, 올림푸스 시스템이 말하는 사람의 의도를 종합적으로 분석하여 자동으로 해석하여 내보낸다.

그 대단하다는 어벤져스의 캡틴이 극도로 자세를 낮추고 있는 거다.

시르티안이 악수를 건넸다.

"부탁드립니다."

그리하여 미국의 정보력이 움직였다. 한국보다 더 빠르게. 절대악은 '죽음의 안개'를 발견한 그 시점에서 이미 '권능의 귓말'을 통하여 발 빠르게 움직였다. 그리고 시르티안은 한주혁의 기대에 충분히 부응해 줬다. 제대로 움직여줬다.

어벤져스 연합의 캡틴은 설마 싶었다.

'그래도 설마.'

진짜로 그러겠어? 절대악이 지나치게 조심하고 있는 것이겠지. 그렇게 생각했는데 아니었다. 성좌들은 실제로 플레이어들은 델리트시켰다.

미국은 정보력을 가동하여 그 델리트된 플레이어들의 신병을 확보했다.

혼자서는 아무런 목소리를 낼 수 없었던 사회적 약자들이, 절대악이라는 든든한 후광을 얻어 목소리를 낼 수 있게 됐다. 실제로 델리트된 이들은, 절대악에 의하여 델리트되지 않았다.

"500만 원을 준다는 말에 혹하여……."

"저 역시 500만 원이라는 얘기를 들었습니다."

보아하니 성좌 혹은 성좌와 관련이 있는 이가 500만 원을 제시하였고 500만 원에 혹한 사회적 약자들이 제안에 응했단다. 한 퀘스트를 클리어해 달라는 것이었는데 정신을 차려보니 델리트가 되었단다.

'그중에 한 명은 죽었지.'

실제로 사람이 죽었다. 미국이 먼저 파악했다. 미국이 먼저 발견했기 때문에, 한국 경찰도 쉬쉬할 수 없었다. 이 사건은 일파만파 커져갔다.

"성좌 이 새끼들을 구속해라!"

"성좌 구속!"

다시 한번. 촛불의 물결이 터져 나올 것만 같았다. 그러나 검찰 측은 증거가 없다는 이유로 제대로 된 수사를 시작하지 않았다. 시작하지 않은 게 아니라, 시작하지 못했다. 그들도 지금 정신이 없는 상태.

진실이 밝혀졌다. '죽음의 안개'는 절대악과 관련이 있는 것이 아니었다. 오히려 성좌들과 밀접한 관련이 있었다.

3충성은 자신의 가설. 그러니까 죽음의 안개가 절대악과 관련이 있을지도 모른다는 의문을 제기했던 것을 실수라고 인정하고 사과했다.

-내가 전적으로 틀렸음을 인정하겠음. 참고로 이번에는 내기 안 걸었음. 그러니까 제발 고통찔레꽃 붙이라고 좀 하지 마셈. 죽을 거 같음.

이건 일부러 거짓말했다. '인내' 속성이 붙으면서 많이 괜찮아졌다. 그건 밝히지 않기로 했다.

그런데 그것 말고 더 중요한 게 있었다. 한 가지 사실.

-이 사건은…… 몬스터 게이트 때와 매우 비슷한 점이 있지 않음?

몬스터 게이트 때도 그랬다.

-기득권이 사람을 몰래 죽임. 그리고 그것을 절대악에게 뒤집어씌우려고 했음.

이번에도 마찬가지였다.

-방식이 매우 비슷함. 만약 절대악에게 능력이 없었다면, 이 모든 일을 증명해낼 만큼 먼저 준비하지 않았다면 우리는 지금 절대악을 욕하고 있을지도 모름.

3층성은 반성했다. 잠깐이라도 절대악을 의심한 것에 사죄하기로 했다.

-이 두 가지 사건만 봐도. 여태까지 이러한 일이 얼마나 많았을지 짐작

이 되지 않음?

하나를 보면 열을 안다고 했다. 이번 사건과 비슷한 사건들이, 전에는 없었다고 누가 단정할 수 있단 말인가.

-더 황당한 건, 그 누구 하나 제대로 책임지는 이도 없고. 결국 똑같은 일이 또 반복되었다는 것임.

국민 대다수가 그 의견에 동조했다. 절대악 게이트로 시작된 여론은 멈추지 않았다. 그들은 입을 모아 말했다. 성좌들을 구속해야 한다고. 더불어, 기존 기득권과 성좌들을 '적폐세력'이라고 부르기까지 했다.

누가 먼저 시작한 것인지는 모르겠다만 '적폐세력'은 굉장한 유행어가 됐다. '적폐청산'이라는 플레이어 연합이 생겨났을 정도다.

대연합 현델의 연합장 주니어는 공식 성명을 발표해야만 했다. 죄송하다고. 제가 잘못 알았다고. 명확한 증거도 없이 절대악을 몰아세웠다고 사죄를 표했다.

그러나 성난 여론은 그 정도 사과로 현델을 용서하지 않았다. 현델 불매 운동이 이뤄졌다. 그것도 전 세계적으로. 완성차를 취급하는 대표적인 글로벌 대연합인 현델의 시가총액 3,000억이 그 자리에서 증발했다.

현델의 홈페이지는 폭주하는 비난 여론으로 인하여 마비되기까지 했다.

절대악 게이트가 처음 열렸을 때. 그때 눈에 보이는 기득권에 대한 변화가 시작되었다면, 이제는 눈에 보이지 않는 기득권들과 성좌들과 대한 변화가 시작된 셈이다. 그 변화의 성질은 심판에 가까웠다. 사람들이 괜히 '적폐청산'이라고 부르는 게 아니었다.

절대악 게이트를 적폐청산의 시발점이라고 부르는 사람들도 많아졌다.

"오빠. 지금 이 판을 전부 오빠가 짠 거야? 미리 다 내다보고?"

"나는 대충 말만 해줬고. 판은 시르티안과 팬더가 짰지."

대군주라는 건 이럴 때 참 좋다. 몇몇 사항과 중요한 단서들을 던져주면 실무진들이 알아서 대책을 마련한다. 9명의 장로는 한주혁의 매우 든든한 지원군인 셈이다.

한세아가 조심스레 물었다.

"장로들 말고…… 미국이랑 러시아도 도왔다며……?"

"아. 그거."

한국 정보통은 믿을 수가 없으니까 미국이랑 러시아도 동원했다. 열심히 동원할 필요는 없었다.

"그냥 좀 도와달라니까 도와주던데?"

직접 말한 것도 아니다. 시르티안 통해서 협조를 조금 구했을 뿐이다. 그냥 좀 도와주긴 했는데.

"그렇다고 미국 FBI랑 러시아 SVR이 동시에 움직여? 나 심지어 러시아에 SVR이라는 정보기관이 있는지 처음 알았어."

한주혁이 어깨를 으쓱했다.

"나도."

한세아는 오늘도 황당함을 느껴야만 했다. 저 오빠는 자기가 무슨 짓을 했는지 아는 건지 모르는 건지. 어떻게 저렇게 담담한가 싶다. 지금 인터넷과 올림푸스 매니아에서는 난리가 난 상태다.

절대악은 철저한 준비를 통해. 그리고 각종 힘을 활용하여 성좌에게 거센 카운터를 먹인 것 아니겠는가.

"하여튼 참 속 편하다."

"불편할 건 또 뭐 있나?"

성좌들이 난리 부르스를 치면 그냥 대충 가서 대충 상대해 주면 되는 거지. 불편할 게 뭐가 있단 말인가.

"너 황당함을 전하기 위해서 굳이 내 방을 찾아온 거냐?"

"아니. 그런 건 아니고……."

한세아가 한 가지 소식을 전했다. 시기적으로 굉장히 묘하기는 했는데 내일이면 대통령 탄핵심판에 관한 선고가 내려진단다.

"아. 내일이구나."

절대악 게이트. 그것은 기존 기득권. 그러니까 적폐세력에 대한 적폐청산과 더불어 대통령 탄핵심판까지 이어졌다. 만약 탄핵심판이 가결되면? 조금 과장하자면 절대악이 한국의 대통령까지 갈아치우는 셈이 되는 거다.

'진짜 짱이다.'

이 오빠가 집구석에 박혀 있던 그 백수가 맞는 건지 모르겠다. 불과 1년이 채 지나지 않았는데. 너무 많이 달라졌다. 한국의 대통령까지 갈아치울 수 있는 사람이 되었다니.

"아 맞다."

한세아는 자기가 이곳에 온 '진짜 이유'를 떠올렸다.

"왜 근데 그거는 말 안 해줘?"

한주혁은 씨익 웃었다. 한세아가 뭘 물을지 이미 감이 왔다.

"아. 그거?"

한세아는 호기심이 많다. 오빠인 한주혁이 보기에는 그렇다.

"세송이한테는 말해줬는데."

"치. 여자 친구한테만 말해주고. 나는 안중에도 없나?"

"당연하지."

한세아는 약이 오르는 듯 주먹을 들어 올렸다가 이내 다시 내렸다. 저 오빠. 어마어마한 사악함과 잔인함을 내포하고 있는 오빠다. 조금 조심하기로 했다.

"안 알려줄 거야?"

아주 궁금했다. 성좌인 기천을 세 번이나 죽이고 얻어낸 보상이 무엇인지. 전투 결과창이 업데이트되면서 어떠한 보상을 얻었는지. 또 전투 결과창에는 어떤 변화가 있었는지 전부 궁금했다.

"말해줄게."

한주혁이 입을 열었다.

한주혁의 전투 결과창이 업데이트되었다. 성좌인 기천을 3번 사살한 것에 대한 보상도, 기천이 강제 로그아웃됨과 동시에 이어졌다.

-2번 성좌를 세 번 사살하였습니다.

2번 성좌 사살. 그것도 세 번에 이어진 사살. 이것은 절대악 VS 7개의 성좌 시나리오의 매우 중요한 한 축을 담당하고 있는 조건. 그 보상이 결코 허접할 리는 없었다.

한주혁도 기대했다.

'뭐냐?'

-2번 성좌를 세 번 사살한 것에 대한 보상으로 두 가지 아이템이 주어집니다.

그 두 가지 아이템이 무엇인고 하니.

-'무한의 실타래'가 주어집니다.

-'도약의 비약'이 주어집니다.

-무한의 실타래와 도약의 비약이 인벤토리로 전송됩니다.

전송 시간은 그리 길지 않았다. 알림이 들려옴과 동시에 인벤토리에 아이템이 들어왔다.

-무한의 실타래와 도약의 비약 인벤토리 전송이 완료되었습니다.

한주혁도 처음 듣는 이름의 아이템.

'인벤토리.'

인벤토리를 열어 바로 확인해 봤다.

<무한의 실타래>

끝없이 늘어나는 특수한 형태의 실타래. 고대 희귀종인 아라크 거미 10마리의 배를 갈라 얻어낸 진액을 통하여 만들었다고 알려져 있으나 구체적인 제조 방법에 관하여는 알려진 바가 없다. 그 어떠한 것으로도 자르거나 녹이는 등, 물리적인 변화를 가할 수 없다고 알려져 있다.

등급: 레전드

특수 능력: 신급 이하의 모든 공격에 의한 물리적 공격에 완벽 저항.(단, 방어력과는 무관함.)

상당히 독특한 형태의 아이템이라고 볼 수는 없었다. 아이템자체의 등급은 레전드다. 물론 레전드만 하더라도 엄청나게 높은 등급의 아이템임에는 틀림없었지만 어쨌거나 신급보다 희귀한 아이템은 아니라는 소리다.

'레전드 주제에 신급까지의 모든 공격을 다 막아?'

방어력과는 또 무관했다. 엄밀히 말하자면 '막는다'는 개념은 아니었다. 다만 자르거나 녹이거나 이어붙이거나 등. 원형을 훼손하는 행위를 할 수 없다는 얘기다.

'미로에 빠졌을 때 되돌아 나오는 용도로는 괜찮을 거 같은데.'

이제는 케르핀의 낙서장도 없다. 하나 정도 더 있으면 참 좋겠는데 이미 없는 걸 어쩌랴. 다시 말해, 공격이 불가능한 미로가 있으면 깨부수고 나올 수 없다는 얘기다. 그러한 상황에서는 나름 유용하게 쓰일 수 있을 거 같기는 했다만.

'아무 이유 없이 이걸 주지는 않았을 텐데.'

절대악 VS 7개의 성좌 시나리오에 필요한 아이템일 확률이 높지 않겠는가. 이미 거대한 흐름 안에서 움직이고 있는 상황. 그 흐름에 맞는 아이템을 줬을 확률이 높았다.

'두고 보면 알겠지.'

어쨌든 신급 이하의 모든 공격에 대해서는 완벽하게 저항한다. 다시 말해, 신급을 초과하는 공격에만 반응한다는 소리다. 저번에 한주혁이 알게 된 새로운 명령어. '최상위 명령'과 같은 얼토당토않은 등급의 공격쯤 되면 모를까. 어지간한 공격에는 안전한 실타래다.

'도약의 비약은……'

<도약의 비약>

초인의 영역에 들어서기 위하여 인간은 고대로부터 수많은 수련을 거듭해야만 했습니다. 대마법사 레프리는 고도의 인내력. 끝을 알 수 없는 정신력. 인간의 한계를 초월한 육체 능력을 얻기 위한 연구를 진행하였습니다. 50년이 넘는 연구 끝에 탄생한 혁신적인 아이템이 바로 이 도약의 비약입니다. 대마법사 레프리는 50년 만에 이 비약을 완성시켰으나 완성시킨 직후 심장마비로 급사하였습니다. 안타깝게도 도약의 비약의 제조법은 알려져 있지 않습니다.

등급: 레전드

특수 능력:

  1) NPC의 경우, 모든 능력치 100퍼센트 상승.

  2) 플레이어의 경우, 일반 퀘스트를 스텝업 퀘스트로 전환 가능.(단, 부탁의 주체인 NPC의 등급이 시스템에서 인정하는 상급 이상이어야 함.)

NPC의 경우에는 모든 능력치 100퍼센트 상승. 이건 정말 어마어마한 거다. 순식간에 두 배가 강해지는 거니까. 한주혁은 할 수만 있다면, 자신이 NPC가 되고 싶다는 생각까지 할 정도였다. 지금 이 상태에서 2배가 더 강해진다? 그러면 혼자서 에르페스 제국과도 한 번 싸워볼 만하지 않은가.

'아까 기척을 느끼지 못했던 NPC.'

싸워보지 않아서 얼마나 강할지는 모른다. 그래도 하나를 보면 열을 안다고 했다. 기척이 느껴지지 않는다는 건 그만큼 강력한 NPC일 확률이 높다는 얘기다.

'그런 놈도 때려잡을 수 있을 거 같은데.'

하지만 현실적으로 플레이어가 NPC가 될 수는 없지 않은가. 결국 사용하려면 NPC에게 하사하거나 자신이 먹어야 하는데.

'내가 먹어야지.'

애초에 1번 선택지는 생각하지 않았다. 내가 살아야 NPC도 사는 건 아니겠는가. 스카이 데블의 절대자가 있어야 스카이 데블의 주민도 있다.

'음.'

설명을 보아하니 '부탁의 주체'. 그러니까 퀘스트를 주는 NPC의 등급이 상급 이상이어야 한단다.

'상급 이상 NPC가 주는 퀘스트라.'

그 상급 NPC로부터 퀘스트를 받기란 매우 힘든 일이다. 더

더군다나 한주혁은, 외부로는 드러나지 않지만 풀카오다. 일반 NPC에게는 그 어떠한 퀘스트도 가질 수 없다. 일반 NPC는 풀카오에게 매우 적대적인 성향을 갖게 되니까.

그래서 한주혁은 시르티안을 찾았다.

"부르셨습니까?"

그래서 한주혁이 말했다. 다짜고짜 결론부터 말이다.

"부탁해라."

"……예?"

"얼른."

똑똑한 시르티안은 순간 당황했다. 주군께서 갑자기 부탁하라니. 이게 무슨 상황이란 말인가.

"아무거나 좋으니까 그냥 퀘스트를 줘봐."

"……."

시르티안은 갈등했다. 감히 자신이 어떻게 주군께 퀘스트를 내린단 말인가. 이것은 불충이다. 그래서 시르티안이 바닥에 넙죽 엎드려서 말했다.

"무엇이든 좋으니 명령하여 주십시오!"

그랬더니 활성화됐다.

-퀘스트. '무엇이든 좋으니 제발 명령만'이 활성화되었습니다.

한주혁은 황당한 듯 바닥에 엎드린 시르티안을 쳐다봤다.

'이거 퀘스트 맞지?'

퀘스트의 상세내용을 살펴보니 제목 그대로였다. 그냥 아무 거나 명령해 달라는 것이었다. 이게 퀘스트가 맞았다.

'어쨌든 퀘스트는 퀘스트잖아.'

그래서 '도약의 비약'을 꺼내 들었다. 활성화된 퀘스트 목록에 도약의 비약을 적용하기 위하여.

-퀘스트. '무엇이든 좋으니 제발 명령만'에 도약의 비약을 사용하시겠습니까?

상급 NPC가 주는 퀘스트여야만 한다고 했다. 그렇다면 시르티안은 시스템이 인정하는 상급 NPC가 맞을까? 한주혁은 맞다고 확신하지만, 그렇다고 그가 시스템 전부를 알고 있는 건 아니었으니까.

'아. 이거 안 되면 아주 피곤해지는데.'

그냥 어벤져스 캡틴한테 엄청 비싼 값에 팔아먹을까. 상위 플레이어라면 눈에 불을 켜고 사고 싶어 난리가 날 텐데.

알림이 이어졌다.

-상급 NPC 시르티안이 확인됩니다.
-도약의 비약 활성화 조건이 만족되었습니다.
-도약의 비약을 퀘스트에 적용하시겠습니까? 한 번 사용한 도

약의 비약은 복구되지 않습니다.

마지막으로 경고 메세지가 들려왔고 한주혁은 쿨하게 도약의 비약을 사용했다.

-퀘스트. '무엇이든 좋으니 제발 명령만'에 '도약의 비약'이 적용되었습니다.
-일반 퀘스트인 '무엇이든 좋으니 제발 명령만'이 스텝업 퀘스트 '무엇이든 좋으니 제발 명령만'으로 변경되었습니다.

한주혁이 말했다.
"일어나라, 시르티안. 명령이다."
그와 동시에.

-축하합니다!
-퀘스트. '무엇이든 좋으니 제발 명령만'이 클리어되었습니다!

퀘스트의 보상 자체는 별거 없었다. 아니. 보상이라고 보기에도 힘들었다.
"그! 명령을! 받듭니다!"
이게 보상이었다. 시르티안의 우렁찬 목소리를 확인할 수 있는 것.

퀘스트의 내용 자체가 워낙에 보잘것없다 보니 보상도 보잘 것없었다. 아무리 시르티안이라도 시스템에 없는 퀘스트를 마음대로 만들어서 좋은 보상을 줄 수는 없는 법 아니겠는가. 시답잖은 퀘스트에는 시답잖은 보상이 주어지는 게 당연하다.

그러나 이제 이 퀘스트는 일반 퀘스트가 아니다.

-도약의 비약이 성공적으로 적용되었습니다!
-스텝업 퀘스트가 클리어되었습니다!

한주혁에게 믿기 힘든 알림이 들려왔다.

-초인의 영역에 들어서는 데에 성공하였습니다!

아이템의 설명에는 이러한 내용은 없었다. 일반 퀘스트를 스텝업 퀘스트를 전환해 준다는 지극히 일반적인 내용밖에 없 었는데. 그래서 스텝업 퀘스트를 얻을 수 있다는 내용이었는 데. 사실은 그런 게 아닌 모양이었다.

'그럼 그렇지!'

그렇다. 무려 성좌를 3번이나 사살하고 얻은 보상이다. 겨 우 이 정도로 끝일 리는 없었다.

-'도약의 비약'을 통하여 얻은 스텝업 포인트 적용 시, 초인화가

완료됩니다.

초인화가 무엇인지에 대한 정보가 한주혁의 머릿속에 입력되었다. 내용 자체는 별거 없었다. 아주 단순했다.

-스텝업 포인트 적용시, 스텝업 구간이 사라집니다.

내용은 단순했지만 그렇다고 해서 놀랍지 않은 건 아니었다.
"헐?"
"주, 주군. 왜 그러십니까?"
시르티안은 자신이 또 뭔가 불충이라도 저지른 것은 아닌가 하여 긴장했다. 자신의 목소리가 작았던 건 아닐까. 더 우렁차게 외쳤어야 하는 건 아닐까. 고민했다.
잠깐 놀랐던 한주혁이 씨익 웃었다.
"잘했다. 시르티안."
"……예?"
뭔지는 모르겠지만 일단 외치고 봤다.
"감사합니다! 이 목숨이 다하는 그 날까지 주군을 받들고 받들고 다시 또 받들겠습니다!"
한주혁이 상황 파악을 완료했다.
'나는 이제 스텝업 포인트가 필요 없네.'
레벨 160까지는 이미 올렸다. 그 누구도 비교할 수 없는 엄청난 레벨업 속도다. 심지어 스탯 능력치로 따지면 이미 레벨 1000을 돌파했다. 이 정도면 플레이어 중에서는 상대가 없다고 해도 과언이 아니었다. 적어도 한주혁은 그렇게 판단했다. 그러한 상황인데.

'스텝업 포인트 없이 경험치만으로도 레벨업이 가능해졌어.'

그의 레벨업에 제한을 걸어줄 거의 유일하다시피 한 수단이었던 '스텝업 구간'이 사라졌다. 스텝업 구간. 9에서 10으로. 19에서 20으로. 10단위마다 필요했던 스텝업 구간이 사라졌다.

'이야. 이거 엄청 좋네.'

한주혁이 흐흐흐 웃었다.

'빨리 딴 놈들도 세 번씩 잡아야 하는데.'

그러면 또 좋은 거 주지 않겠는가. 게임은 원래 좋은 아이템 수집하고 레벨업하는 재미다. 빨리 잡아 죽이고 싶다. 성좌들 어디 숨어 있는지 빨리 찾기로 했다. 실제로 그에게는 찾을 능력도 있었고.

시르티안은 순간 섬뜩함을 느껴야만 했다. 주군이지만 방금은 정말 사악해 보였다.

일단 외치고 봤다. 살기 위해. 왠지 모르게. 살기 위해 외쳐야 할 것 같았다.

"처, 처, 천세! 천세! 천천세!"

대연합은 대부분 멸망했다. 사실 따지고 보면 아직 위세가 대단하긴 하지만, 절대악 게이트가 열리기 전과 비교하면 거의 멸망 수준이라고 봐도 과언이 아니었다. 적어도 신귀족 세력은 그렇게 평가했다. 스스로들을 말이다.

그리고 드디어 오늘. 탄핵이 결정되었다. 광화문에 수많은 사람들이 모여 축제를 벌였다. 대한민국 최초로 탄핵이 진행되었고, 당연히 또 최초로 조기 대선을 치르게 되었다. 대선주자들이 숨 가쁘게 단기 레이스를 위해 달리기 시작했다.

여기까지 올 때. 그 누구보다 절대악의 영향이 매우 컸다. 란돌은 흐뭇하게 웃으면서 말했다.

"귀하가 한국의 역사를 새로 쓰고 계시군요."

"저는 뭐 딱히 한 건 없지만……."

가만히 있어도 알아서 다들 잘해주긴 했지만. 한주혁 본인은 별생각 없지만, 미국과 러시아는 자신의 첩보기관까지 움직여줬다.

"저도 그냥 국민의 일원으로 투표는 해야겠죠."

란돌은 속으로만 생각했다.

'혹시라도 절대악이 지지하는 후보가 있다면. 그가 곧 대통령이다.'

이건 생각 정도가 아니라 확신이었다. 그럴 리는 없겠지만 절대악이 '나는 이 후보를 지지해요'라고 말하는 순간 투표는 이미 종료된 것과 다름없었다. 란돌이 보기에 절대악은 대통령을 거의 지명하는 수준에 이르렀다.

한주혁은 별생각 없이 하하- 하고 웃었다. 란돌과 대화할 때는 편안한 느낌이다. 다른 사람과 말할 때는 주종관계이거나, 갑을관계이거나, 그도 아니면 경제력 차이가 많이 나거나 한다. 평범하고 일상적인 대화를 하기가 어렵다.

그나마 동생인 한세아와 여자 친구인 천세송 정도만 속마음을 터놓고 대화할 수 있을 뿐.

란돌은 이미 그 생각을 알고 있었다.

"귀하가 아무 생각 없이 하는 말이 한국의 운명도 뒤흔들 수 있으니."

아니. 한국이 아니라 세계의 정세를 뒤바꿀 수도 있다.

"말을 조심할 수밖에 없겠지요."

앞으로는 더 외로워질 겁니다. 절대자의 자리는 늘 그렇듯 고독한 법이니까요. 그 말은 하지 않았다.

'그러나 좋은 사람들이 옆에 있으니 외롭지만은 않을 겁니다.'

자신도 그 좋은 사람이 되어주기로 마음먹은 지 오래고. 그런데 그때. 한주혁의 핸드폰이 울렸다. 강재명 비서실장이었다.

전화를 끝낸 한주혁의 얼굴이 조금 굳어졌다. 란돌이 물었다.

"무슨 일이죠?"

"아쉽지만 티타임은 여기서 끝내야 할 것 같네요."

"문제가 생겼군요."

"예. 뭐. 약간."

현재 토러스 전역에 펼쳐져 있는 죽음의 안개. 그곳에서 약간의 문제가 생겼다.

이 순간에도 란돌은 발견할 수 있었다.

'저 모습은 마치……'

쉴 없이 뛰노는 아들이랑 놀아주기 귀찮은데 놀아주러 밖에 나가는 아빠의 모습 같다고나 할까. 위기감이라고는 전혀 느껴지지 않았다. 뒤돌아 나가고 있는 절대악의 등에서 보이는 기운은 위기감이 아니라 귀찮음이었다.

그는 그만의 정보라인을 따로 돌렸다. 강재명을 통해 보고가 올라왔으니 JTBN도 사실을 알고 있을 확률이 높았다.

-무슨 일이 일어났는지. 내게도 좀 알려주세요.

보고가 즉각적으로 올라왔다. 이래 봬도 란돌은 JTBN의 사장이다.

-토러스에 약간의 트러블이 발생하였습니다. 이것은……

to be continued